TASCABILI BOMPIANI   490

ANDREA ZANZOTTO
LUOGHI E PAESAGGI

A cura di Matteo Giancotti

I GRANDI TASCABILI
BOMPIANI

ISBN 978-88-452-7478-7

© 2013/2016 Bompiani/RCS Libri S.p.A., Milano

I edizione Tascabili Bompiani 2013
IV edizione Tascabili Bompiani marzo 2016

Radici, eradicazioni

Introduzione
di Matteo Giancotti

Nel settembre del 2008 Giuliano Scabia e Andrea Zanzotto si incontrarono a Pieve di Soligo per registrare il documentario *Memoria dismemoria*, in seguito pubblicato a diffusione limitatissima[1]. Il video è molto interessante, non solo per i temi toccati dai due interlocutori nella conversazione, ma anche perché vi si vede, ad un certo punto, uno Zanzotto intensamente commosso. Si tratta di una circostanza assai rara. Qual è l'origine di quell'emozione? Scabia legge a voce alta di fronte al poeta lunghi tratti di una prosa intitolata *Venezia, forse*, che Zanzotto ha scritto nel 1976 destinandola al libro *Essere Venezia* del fotografo Fulvio Roiter. Zanzotto ascolta attentamente, accenna appena col capo, come seguendo la partitura invisibile del testo, abbozza un sorriso, infine si commuove. «È stupenda questa prosa, è stupenda, è stupenda, Andrea», conclude Scabia, e Zanzotto umilmente risponde: «Non posso che ringraziare la tua abilità di lettore». Ma certamente il poeta non poteva non aver pensato, anche se solo per un attimo, che il testo che aveva sentito leggere era un capolavoro.

Vedendo le immagini, lo spettatore si soffermava intanto, oltre che sulla rarità della commozione di Zanzotto, su un altro aspetto singolare di quell'incontro: il vecchio poeta si era commosso sentendo leggere non una sua poesia, ma una sua prosa. Ci si poteva fantasticare sopra: e se quel grande *reportage* onirico dalle lagune non fosse stato un episodio unico nella produzione di Zanzotto? L'emozione del poeta non poteva essere l'indizio di un giacimento di saggi simili o comunque collegabili a *Venezia, forse*? Erano solo suggestioni, anzi fantasmi.

Eppure, nel libro che abbiamo in mano adesso sembra delinearsi chiaramente un sistema testuale il cui corpo, rimasto sommerso per decenni, era solo debolmente segnalato da uno o due saggi, ragguardevoli punte di iceberg, come *Venezia, forse*, o come lo scritto intitolato *Colli Euganei*, confluiti entrambi nel "Meridiano" Mondadori che raccoglie tutte le poesie e una scelta di prose di Zanzotto. A partire da queste due prose, accomunate dall'ispirazione e dall'appartenenza a un genere che poi capiremo ben zanzottiano – e che per ora potremmo accontentarci di definire "prosa di luogo" –, diverse altre se ne sono scoperte o ritrovate, alcune anche molto antiche, risalenti addirittura agli anni Cinquanta, cioè al periodo immediatamente successivo all'esordio di Zanzotto come poeta. Quando si contarono una dozzina di testi informai Zanzotto, che disse soltanto: «Saranno anche di più, saranno venti». Poteva non ricordare il singolo pezzo, ma la sua memoria era abbastanza precisa riguardo a una "massa discreta" di prose dedicate al paesaggio. E via via che il numero degli scritti ritrovati aumentava, si vedeva ampliarsi anche l'arco cronologico entro cui si collocavano. Dunque, infine lo si poteva dire, alla sollecitazione-ossessione del luogo e del paesaggio Zanzotto aveva risposto scrivendo non solo poesie ma anche – con la stessa fedeltà, benché meno assiduamente – particolari testi in prosa, molto diversi peraltro da quelli narrativi raccolti già nel 1964 nel volume intitolato *Sull'altopiano*.

Gli archivi, le bibliografie, le emeroteche e i microfilm con le annate di vecchi giornali hanno permesso di rintracciare i diciotto testi zanzottiani che compongono questo volume: alcuni già abbastanza noti agli specialisti, altri conosciuti per sentito dire, altri ancora del tutto dimenticati fin dai giorni della loro pubblicazione. L'idea che si trattasse soltanto di materiali dispersi, collocati in sedi editoriali d'occasione, risultava sempre meno sostenibile dal momento che le prose, aumentando di numero, sembravano naturalmente coagularsi in nuclei o "arcipelaghi" determinati da una certa inclinazione del pensiero, dello stile e dell'emozione suscitata dai luoghi. Alcuni testi contengono infatti riflessioni di natura teorica e filosofico-estetica sul concetto di paesaggio, altri si riferiscono a luoghi visti in viaggio, altri sono dedicati alla "lode" dei luoghi più amati da Zanzotto – in un suo raggio d'azione e di veduta latamente veneto che va dalle Dolomiti alle Lagune –, altri ancora alla deprecazione, alla critica amara e poi all'invettiva contro gli scempi che di quegli stessi luoghi la "civiltà" del boom e del post-boom economico ha compiuto. Tutti si tengono l'uno con l'altro per richiami espliciti o impliciti che la memoria dell'autore intesse anche a distanza di molti anni, creando una specie di lunga traccia coerente che si snoda e segna dei punti focali lungo il discorso ininterrotto sul paesaggio che Zanzotto ha svolto dentro di sé fin da ragazzo. Coerente e tipico, in Zanzotto, è anche il modo in cui il poeta ritorna sui suoi passi, correggendo se stesso e i suoi testi a distanza di anni, rimettendoli a fuoco, a volte smentendoli: è una dinamica, quella della palinodia, ben nota agli esperti della sua produzione poetica, che hanno parlato, per alcune fasi, addirittura di «acrimonia revisionista»[2]. È ciò che si riscontra anche in queste prose, a riprova della loro tenuta strutturale: Zanzotto si cita, riprende variando alcuni concetti, si autoaccusa persino di essere stato troppo ingenuo o ottimista nei suoi scritti degli anni Sessanta, quando ancora pensava che esistesse la possibilità di limitare i fenomeni degenerativi e distruttivi della società italiana iniziati col boom economico. Ha sempre presenti, in ogni caso, mentre scrive in lode o in difesa di luoghi e paesaggi amati, le sue stesse riflessioni "teoriche" e filosofiche sulla natura del paesaggio e sui legami psichici, cognitivi, emotivi che si stabiliscono tra gli individui e i luoghi, tra le comunità e i paesaggi. Se per un momento prescindiamo dalla cronologia dei singoli testi, possiamo dire che alcuni di essi sembrano applicazioni sperimentali, condotte su luoghi specifici, delle idee filosofiche ed estetiche elaborate da Zanzotto nei primi tre testi, e specialmente nel primo, di questa raccolta. In un certo senso è come se la prima sezione del libro, quella in cui sono raggruppati gli scritti "teorici" sul paesaggio, sovrintendesse implicitamente a tutti gli altri.

Notoriamente, quasi proverbialmente Zanzotto è il poeta del paesaggio. Si ritiene che in tutta la sua produzione poetica il paesaggio sia il tema prevalente. È, a ben vedere, un'opinione difficile da smentire, anche se bisognerebbe proporre, per questo luogo comune non infondato, alcune considerazioni "correttive". (Primo: c'è forse più *non*-paesaggio che paesaggio nella poesia di Zanzotto, poiché alla pacificazione della quiete goduta nel paesaggio-riparo subentra spesso l'ansia dell'inafferrabile, causata dal senso di un grande «vuoto originario» che si avverte dietro ciò che è visibile[3]. Secondo: quando un tema, anche nella sua impossibilità di svolgimento, come detto sopra, è tanto pervasivo, cessa quasi di essere tema per diventare modo del discorso, scrittura, visione del mondo). In ogni caso si può affermare che uno dei grandi valori conoscitivi della poesia di Zanzotto è quello di aver suggerito e perfino dimostrato che il paesaggio non esiste in senso assoluto ma si manifesta come evento, accadimento che lega in un intreccio indissolubile e non descrivibile – se non per approssimazioni – la realtà del luogo e la condizione psico-fisica dell'uomo. In altre parole, la poesia di Zanzotto ci dice che i luoghi e i paesaggi *non* esistono sempre. Esistono quando tra essi e l'uomo fluisce quella «corrente di desiderio» unificante, «dirimente / l'idea stessa di trauma»[4], grazie alla quale l'uomo si sente orientato nel luogo che abita, e coglie se stesso come parte di un tutto incommensurabile; certo, quella totalità irraggiungibile – avvertita appena – non si mostra, non si rivela, ma un suo indizio appare fugacemente nella parte di mondo che le percezioni inquadrano nel paesaggio e come paesaggio. Spesso nelle poesie di Zanzotto questa sperata e miracolosa «corrente di desiderio» si interrompe, o il suo vento non si alza. La caduta della comunicazione tra paesaggio e individuo può dipendere da cause oggettive (la rovina dei luoghi) o soggettive, coincidendo con momenti di tracollo interiore; spesso i due fattori sono coimplicati, dal momento che, come ci insegna Zanzotto, il paesaggio è «più che mai esposto al pericolo di una disintegrazione nei momenti di forte crisi, sia sociale che individuale». È per questo che sulla percezione dei luoghi in Zanzotto, anche nei momenti di maggiore euforia e armonizzazione tra io e paesaggio, grava sempre un'ipoteca di irrealtà, il timore-presagio della comunicazione interrotta.

Ciò che è singolare in queste prose, o per lo meno in molte di esse, è invece il fatto che questa ipoteca di irrealtà, potenzialmente paralizzante, è data per superata *a priori*, non importa se su un piano anche soltanto convenzionale. È come se Zanzotto, prima di scrivere questi saggi, avesse deciso di pensare che i luoghi esistono sempre, così da poterne parlare liberando una certa dose di entusiasmo. Proprio perché sorrette dall'entusiasmo, queste prose spesso "formicolano" deliziosamente nei luoghi e nei paesaggi, o nell'idea e nel ricordo di luoghi e paesaggi, con traiettorie imprevedibili, con moti apparenti o visioni "strabiche" che mascherano la strategia delle «fanta-

11

sie di avvicinamento» adottata da Zanzotto anche nei suoi scritti sulla letteratura[5]: è con lenti giri concentrici, dissimulati dai frequenti incisi e dalle divagazioni geniali ed estemporanee, che l'autore stringe il cerchio intorno all'oggetto che lo fa desideroso di parlare.

Possiamo definirli, insomma, dei saggi "positivi"? Grosso modo sì, in almeno due accezioni. Sono positivi perché spesso entusiastici, e positivi etimologicamente perché in essi si trovano quasi sempre le parole per "dire" i luoghi; qui, rispetto alla produzione poetica di Zanzotto, prevale il pieno sul vuoto, il convesso sul concavo. C'è più appiglio che baratro, fosse anche soltanto un appiglio di superficie offerto dalla topografia e dalla toponomastica, con i loro referenti inizialmente certi, presto sfumati in un gioco di prospettive e di visioni "liquide" che occhieggiano all'altrove e all'indefinibile. Per Zanzotto i luoghi più vicini possono diventare i più estranei, e questo non va dimenticato, anche quando si parli di concetti che hanno a che fare con le "origini" della sua poesia – come *Heimat* e «ambiente natale» –, termini anche zanzottiani ma tutt'altro che confortevoli per il solighese. Zanzotto sembra infatti suggerirci, in alcuni degli scritti pubblicati in questa raccolta, che per capire i luoghi non abbiamo bisogno di radicarci, ma di eradicarci da essi, addentrandoci così profondamente in loro da riuscire a "bucarli" per arrivare altrove, rivedendoli nuovi, forse soltanto allora "nostri"[6]. Sono idee che circolano negli scritti di Heidegger, in particolare nel saggio – che Zanzotto certamente conosceva bene – in cui il filosofo cerca di rintracciare il «vero luogo» della poesia di Georg Trakl individuandolo nella *dipartenza*, nello sradicamento.

Zanzotto non era certo così aprioristicamente contrario all'umano da trascurare l'importanza dell'insediamento antropico nella formazione e nella conseguente percezione del paesaggio. Egli riscontra anzi nell'insediamento armonizzato con l'ambiente quasi la rivelazione della natura del luogo, la piena realizzazione di potenzialità che nel paesaggio originario si davano come virtuali o amorfe, come se fossero state, appunto, in «attesa dell'umano». (È interessante notare come, per questi aspetti radicali della sua riflessione sull'importanza dell'interazione tra uomo e ambiente, Zanzotto si avvicini ai teorici del cosiddetto «principio antropico»: alcuni fisici e filosofi interpretano il delicato bilancio osservato nelle leggi dell'universo come dimostrazione del fatto che esso fosse predisposto alla nascita della vita intelligente e autocosciente, ossia all'evoluzione dell'uomo, capace di osservarlo, descriverlo e, in un certo senso, addirittura compierlo).

E nel complesso di un paesaggio "lavorato", trapunto dalle attività e dagli insediamenti umani, il poeta vedeva un'opera d'arte costruita giorno dopo giorno, nei secoli, non tanto dagli uomini, ma da una civiltà: l'opera d'arte diffusa, che heideggerianamente rivela un mondo e una cultura anche nei suoi aspetti non fastosi ma, per così dire, popolari e artigianali: è molto istruttivo a questo proposito il testo riportato in appendice del libro, dove Zanzotto parla dell'intera zona del Quartier del Piave come di un'opera d'arte; ma potrebbe essere anche il caso delle abitazioni tradizionali nella zona del Feltrino, o di altri insediamenti (Venezia in sé li accoglie tutti, facendosene anche paradosso e limite) che bene hanno rappresentato ciò che un poeta-saggista certamente letto da Zanzotto, Yves Bonnefoy, ha riassunto nella formula, a suo dire tipica della civiltà italiana, dell'«assunzione del luogo»[7]. L'insediamento coerente con l'ambiente potrebbe coincidere insomma, anche per Zanzotto, con ciò che Heidegger chiamava, con terminologia vagamente iniziatica, «Quadratura»: una condizione che si realizza in un luogo favorevole all'incontro tra divini e umani, tra cielo e terra. Ciò che si manifesta quando il manufatto orienta lo spazio e, trasformandolo in un luogo, gli dà senso. Ma l'intervento umano sconsiderato e non legato ad altri criteri che non siano speculativi o dettati da un'estetica privata e distorta può invece sovvertire o cancellare il senso del luogo e dare origine a un caos che presto si riflette in disagio interiore, che coinvolge gli individui e la comunità. Se il paesaggio, come scrive Zanzotto in questi saggi, è addirittura l'«orizzonte psichico» entro cui l'individuo si forma e riconosce se stesso, è conseguente il fatto che ogni violenta manomissione di quell'orizzonte si ripercuota negativamente sull'equilibrio dei singoli e delle società. Sulla base di queste considerazioni Zanzotto riteneva architettura e urbanistica – le «scienze/arti» che più possono incidere nell'organizzazione (salvaguardia o scasso) dei territori – un patrimonio comune su cui ognuno, anche senza specifiche competenze, potesse/dovesse pronunciarsi, avendo maturato una consapevolezza sulle ragioni del proprio abitare un luogo, anche per mitigare i possibili effetti nefasti di una gestione del territorio demandata a poteri oligarchici o all'arbitrio, alle bizzarrie e alla mania di grandezza dei singoli. Qui Zanzotto, che su questi argomenti interviene tempestivamente – fin dai primi anni Sessanta, dunque in concomitanza con le prime ripercussioni paesaggistiche del boom economico –, inizia un discorso anche civile e politico; un discorso che, date alla mano, doveva essere costruttivo prima che polemico. Della ricchezza propositiva degli interventi zanzottiani sui luoghi testimonia peraltro la vastissima rete di riferimenti culturali e talvolta scientifici, di cui si troverà traccia in questi saggi, che permettono al poeta di focalizzare la questione locale partendo sempre da uno sguardo aperto alle più recenti innovazioni delle avanguardie artistiche o filosofiche (con un occhio di riguardo nei confronti dei pensatori francesi), e tenendo comunque sullo sfondo – sfondo non fisso ma implicato in una dinamica di interrelazioni – la lettera del testo virgiliano e petrarchesco.

Il crinale su cui molto si gioca, nella svolta che porta Zanzotto da un «diffidente entusiasmo» e da un «ingenuo ottimismo» nei confronti del «miracolo economico» alla disillusione amara, corre proprio sul filo dei primi anni Sessanta. Il poeta collabora abbastanza assiduamente in quel periodo con la rivista «La Provincia di Treviso», emanazione diretta dell'amministrazione provinciale. Doveva allora ritenere possibile un coinvolgimento, anche solo marginale, degli intellettuali, o una loro qualche possibilità di influenza nelle modalità di intervento politico-amministrativo sul territorio. Per questo Zanzotto riflette, negli scritti destinati a quella piccola testata, non solo su questioni di "cultura locale", ma anche più in generale sui rapporti tra province e centri, sugli assetti urbanistici e sui nuovi modi del costruire. L'articolo che Zanzotto pubblica nel 1962 su Cima da Conegliano, nello stesso anno in cui Treviso dedica una grande mostra al pittore, oltre a questi aspetti rivela forse anche un atteggiamento esorcistico. Nel '62 infatti, come dimostra un altro articolo uscito sullo stesso periodico (*Architettura e urbanistica informali*), Zanzotto sa benissimo che il «miracolo economico» ha già iniziato a modificare violentemente e in certi casi irreversibilmente alcuni aspetti del territorio italiano e veneto. Quel suo guardare con totale coinvolgimento e adesione al mondo pittorico e alle armoniose contrade dipinte da Cima, il riscontrarne la visione serena e quotidiana retta da «un mito benigno e terrestre», da una «certezza di universale concordia», non è un volgere il capo altrove ma un tentativo estremo di connessione tra passato e presente: quasi un'utopia. È come se, in quello scritto su Cima, Zanzotto cercasse di esorcizzare gli effetti negativi dello sviluppo economico con una specie di preghiera innodica ispirata da un modello di civiltà armoniosa, forse mai esistita, se non a livello ideale.

Non so quanto questo scritto zanzottiano su Cima da Conegliano, e l'altro, tra quelli che riproponiamo qui, riconducibile all'estetica, cioè quello su Corot (intitolato *Verso-dentro il paesaggio*), possano dire in termini attuali agli studiosi di critica d'arte e in particolare agli specialisti dell'uno e dell'altro pittore (il saggio su Corot dev'essere peraltro ancor meno noto di quello su Cima). Certo è che Zanzotto si avvicina a questi temi, spinto anche dalla familiarità con l'arte figurativa – diversi suoi avi, oltre al padre Giovanni, erano stati pittori e decoratori – non in un approccio frontale e disciplinare all'opera pittorica di Cima e di Corot, ma per esplorare quella indefinibile terra di nessuno situata tra suggestioni del paesaggio, ispirazione individuale e clima d'epoca. Come risponde l'artista al messaggio d'amore che gli giunge dal paesaggio? Che reazione si crea in lui, prima che il gesto pittorico cerchi di restituirne l'emozione? Questi sono i punti focali dell'interesse di Zanzotto, che si concentra dunque non tanto sul paesaggio raffigurato, e sulla sua qualità, ma sul momento di contatto tra paesaggio e ispirazione. Non è quindi il risultato pittorico a interessarlo, ma la dinamica che lo precede. Sono idee che il poeta formalizzerà relativamente tardi, nel saggio del 2006 intitolato *Il paesaggio come eros della terra* – collocato in apertura di questa raccolta di scritti –, pur essendo implicite da sempre in ogni suo discorso sul tema. C'è una circolarità di relazioni, secondo Zanzotto, tra il paesaggio e l'uomo: il paesaggio influisce sulla formazione dell'individuo, e a sua volta l'individuo agisce sul paesaggio rivedendolo attraverso il filtro dell'emozione e dell'idea che ne ha elaborato; il paesaggio, realtà fisica e spirituale, si accresce dunque e si modifica nelle rappresentazioni che di esso gli individui e la comunità costruiscono. Il discorso di Zanzotto, in questa sua inclinazione, si avvicina molto agli studi del geografo veronese Eugenio Turri, che il poeta seguiva con particolare interesse, e incrocia – credo fortuitamente – i temi fondamentali del saggio *Filosofia del paesaggio* di Georg Simmel, secondo il quale il paesaggio esiste solo grazie a un «processo spirituale» capace di unificare gli aspetti della realtà in una visione che, attraverso la parzialità del paesaggio, presagisce il tutto[8].

Si diceva del tentativo quasi esorcistico, compiuto da Zanzotto negli anni Sessanta, di placare o mitigare le ripercussioni negative del boom economico. Sappiamo com'è andata a finire e non c'è bisogno di aggiungere lamenti tardivi a proteste che furono tempestive e giuste, anche per non rimettere in moto il cinico pragmatismo dei censori del lamento, che del resto finiscono per lamentarsi di coloro che si lamentano. Ma quando si parla di distruzione del paesaggio italiano, bisogna ricordare che oltre ai dati di fatto ci sono dei vissuti individuali che ne risentono, ricevendo un riverbero interiore dalla realtà e dalle sue modificazioni (Zanzotto collocava il paesaggio nella categoria dei «vissuti primi», cioè delle esperienze fondamentali dell'esistenza di un uomo). Sicché bisognerà almeno accennare a una distinzione anagrafica rudimentale: chi è nato in Italia negli anni Venti avrà avuto una percezione ben più traumatica del cambiamento rispetto a chi è nato, a cose fatte o fragorosamente *in fieri*, negli anni Sessanta e Settanta. Nel caso di un autore come Zanzotto, nato all'inizio degli anni Venti, è opportuno ricordare che i profondi dissesti ambientali e sociali causati dallo sviluppo economico hanno mutato la faccia del mondo sotto i suoi occhi e, per usare una sua metafora, gli hanno portato via la terra sotto i piedi. Negli anni della sua infanzia, le quinte paesaggistiche dei quadri di Tiziano e Giorgione rappresentavano ancora dei luoghi verosimili, poiché potevano trovare una rispondenza quasi effettiva nel Veneto di allora, poco mutato nei secoli. A quarant'anni egli vedeva quei luoghi minacciati, intaccati, erosi. Dai cinquant'anni in avanti, ai suoi occhi, gli sfondi della grande pittura veneta del Cinquecento «hanno assunto un'evidenza fantascientifica», sono cioè definitivamente trasmigrati dalla realtà a un'altra dimensione: mentale, onirica, postuma. E nei luoghi veri, abbandonati dagli dei, si sono accampati prima i capannoni consociati alle «villette geometrili» (come le chiama Celati), in un *mélange* di residenziale e industriale, poi i capannoni svuotati dalla crisi, incombenti sul fondale come detriti lasciati dalle correnti globali.

Vivono ancora dunque i luoghi? Zanzotto riteneva che a essi, divenuti inabitabili, si potesse sostituire per un certo periodo la poesia, sempre ostinata «a costituire il "luogo" di un insediamento autenticamente "umano"». E che essi potessero almeno rivivere nella sostanza antropologicamente buona di alcune figure – per così dire locali – destinate a diventare rappresentative, quasi eponime, nel senso del "genio del luogo". In quest'ottica andrebbero letti due testi della raccolta, *Colloqui con Nino* e *Outcasts*. Nino, l'agricoltore-filosofo protagonista di diverse poesie di Zanzotto dagli anni de *La Beltà* in poi, "signore" di Rolle e delle contrade circostanti, portatore di una sapienza atavica e nondimeno irrorata da una vena di estro geniale e anarchico, è una figura – reale – germinata dai luoghi che Zanzotto identificava con il proprio «territorio poetico» ma capace di conferire ai luoghi, con la sua presenza, un riverbero ampio, una trasfigurazione poetica e bonariamente irregolare: insomma, capace di indicare la traccia per un altrove. Come Nino, presente o assente, vivo o assunto nei suoi luoghi – e dunque vivo per sempre –, è diventato «con la sua inesauribile presenza [...] ormai quasi una parte integrante del paesaggio», così Luciano Cecchinel, poeta e amico di Zanzotto, con la sua poesia in dialetto che rampolla come un virgulto energico dalle Prealpi trevigiane, incarna lo spirito delle zone lacustri, che si trovano pochi chilometri a nord di Pieve di Soligo, suggestivamente presenti nell'opera di Zanzotto fin dalla prima raccolta *Dietro il paesaggio*. Più di Nino, Cecchinel, con la sua poesia tesa ed elegiaca, a tratti violenta, indica, a partire da un preciso paesaggio, «altri punti prospettici»; il suo radicamento nel luogo conosce un andare rabdomantico, girovago, inquieto, e la sua coscienza del paesaggio è raramente pacificata, più spesso riottosa (non per caso in quasi tutti i suoi scritti su Cecchinel, Zanzotto fa riferimento alla figura di Trakl). Nella poesia di Cecchinel, sembra dire Zanzotto, si verifica il passaggio, possibile per ognuno di noi, da abitante ad *outcast*, da sedentario a nomade, da "normale" a folle: un passaggio obbligato per chi, per troppo amore del luogo, se ne allontana con la mente, per poi – forse – ritornarvi. Sia Nino che Cecchinel rappresentano comunque delle manifestazioni caratteriali, tutt'altro che oleografiche, dell'energia dei dialetti che altrove Zanzotto definì «uccisi e mai morti»: uccisi, implosi nel grande processo di omologazione linguistica e dei costumi seguìto all'avvento della civiltà dei consumi, ma ancora resistenti in qualche barlume di poesia (fosse anche solo la poesia dei toponimi) che si oppone non tanto al progresso ma a una deriva totale del senso dell'abitare e dell'esistere in un luogo e "dentro" una lingua.

Andare, ritornare. Si può viaggiare con la mente, anche stando sempre nello stesso luogo («ma qual è il *vero luogo* del nostro stare?» si chiede e ci chiede Zanzotto), ma è altra cosa viaggiare per davvero. Nato in una regione che ha avuto, nel Novecento, una fioritura di grandi scrittori capaci di essere, al tempo stesso, giornalisti-viaggiatori straordinari (Comisso e Piovene prima, Parise poi), Zanzotto si colloca, con la sua inquieta stanzialità, al polo opposto degli scrittori giramondo che furono da lui conosciuti, ammirati, forse un po' invidiati. Scrive lo stesso Zanzotto nei suoi ricordi intitolati *Tra viaggio e fantasia*: «Avrei molto desiderato viaggiare, come hanno fatto Comisso, Piovene e Parise, ma in realtà di viaggi ne ho fatti pochi a causa della mia salute cagionevole e in primo luogo dell'insonnia, di cui ho sempre sofferto». I suoi pochi viaggi sono noti e documentati. Per niente documentata è stata, finora, un'esperienza di scrittura molto singolare in Zanzotto, che tentò almeno una volta – sulle orme di Piovene più che di Comisso – la strada del *reportage*. L'occasione risale al lontano 1954-1955, quando il poeta trascorse, per le festività del Capodanno, alcuni giorni a Vienna con un amico «che si dava arie di gran conquistatore». Ricevette dal viaggio impressioni fervide: in un luogo nevralgico come Vienna (ancora divisa in diversi settori di occupazione), allora in bilico su faglie pericolosamente accostate, i movimenti sussultori della storia del secolo potevano vedersi come magma in via di raffreddamento: come sarebbe mutata la città? Cosa avrebbe prodotto l'attrito della sua antica e polverosa storia imperiale – rastremata infine, concentrata in un punto – con un presente conteso tra potenze diverse? Di questi fragili equilibri, che si giocavano sotto i suoi occhi in una città, come in un punto incerto all'incrocio tra l'ascissa del tempo e l'ordinata dello spazio – con la variabile imprevedibile dell'impulso biologico, cioè della vita –, Zanzotto scrisse in due articoli del 1955 evidentemente complementari ma spezzati, a causa di contingenze editoriali, in sedi e tempi diversi. A ricongiungerli ne esce appunto un *reportage* notevole, strutturato di aneddoti e suggestioni storiche, a volte brioso, forse per correggere con una piccola dose di effervescenza un clima ancora plumbeo e memore della «lebbra» nazista.

Ma la neve nella notte del Capodanno 1955 cade «dolce e carezzevole» su Vienna, e ha già in sé molti dei connotati positivi e quasi salvifici che assumerà nella poesia di Zanzotto. La debole speranza di Vienna, che due volte «ha compiuto la sua "discesa all'inferno" in uno spazio storico incredibilmente ristretto», non è in fondo la speranza umana? «Esistono gli dèi delle città umane», afferma Zanzotto. E anche sulle macerie del nostro tempo potrebbe forse alzarsi una musica dolce come quella del *Terzo uomo*, che il poeta prese a fischiettare quando gli tornarono in mano cinquantacinque anni dopo quei suoi due vecchi articoli.

[1] *Memoria dismemoria. Giuliano Scabia incontra Andrea Zanzotto,* regia di Luciano Zaccaria, produzione Regione Veneto e Istituto Veneto di Scienze Lettere e Arti, 2008.

[2] Stefano Dal Bianco, *Il percorso della poesia di Andrea Zanzotto,* in Andrea Zanzotto, *Tutte le poesie,* a cura di S. Dal Bianco, Milano, Mondadori, 2011, p. LXIII.

[3] Prendo a prestito le parole di Francesco Zambon, ricavandole dal suo saggio *L'Arcadie dévastée de Andrea Zanzotto,* in *Les Paysages de la mémoire: autres Italies,* textes réunis et présentés par Jeannine Guérin Dalle Mese, Poitiers, Publication de La Licorne, 1998, p. 164.

[4] Formule zanzottiane: la prima è tratta dal saggio *Verso-dentro il paesaggio,* presente in questo volume; la seconda, che ho adattato al contesto, dalla poesia *Ligonàs,* II, pubblicata nella raccolta *Sovrimpressioni* (Milano, Mondadori, 2001).

[5] Su questi aspetti si veda il saggio di Niva Lorenzini, *Venezia, forse: sulle tracce dell'«indecidibile»,* in *Andrea Zanzotto tra Soligo e la laguna di Venezia,* a cura di Gilberto Pizzamiglio, premessa di Francesco Zambon, Firenze, Olschki, 2008, pp. 1-9.

[6] Scrive Zanzotto all'inizio del testo *Venezia, forse*: «Solo un lungo esercizio di spostamenti, eradicazioni, rotture di ogni accertata prospettiva e abitudine potrebbe forse portarci nelle vicinanze di questi luoghi».

[7] Yves Bonnefoy, *L'entroterra*, con un nuovo saggio introduttivo dell'autore, a cura di Gabriella Caramore, Roma, Donzelli, 2004, p. 53. La prima edizione francese del libro, intitolato *L'Arrière-pays*, è del 1972.

[8] Georg Simmel, *Filosofia del paesaggio* [1913], in *Il volto e il ritratto. Saggi sull'arte*, traduzione ed edizione italiana di Lucio Perucchi, Bologna, Il Mulino, 1985, p. 71.

Una certa idea di paesaggio

Il paesaggio come eros della terra

Se si volesse avanzare l'ipotesi, più che di una Teodicea o giustificazione di Dio per aver creato il mondo, di una "Biodicea", e cioè di una giustificazione della vita in termini minimalistici, potrei esordire affermando che ciò che chiamiamo "vita" è in realtà qualcosa di estremamente ambiguo e contraddittorio, pieno com'è di calci e baci, baci pochi e calci tanti – rifacendomi, magari, al Montale più maturo (lapidario anche nella sua ultima fase, in piena continuità con la precedente): «La vita oscilla / tra il sublime e l'immondo / con qualche propensione / per il secondo». Del resto, nel rapportarsi a certi fatti fondamentali che persistono comunque a intrattenere rapporti con il "limite" dell'esistenza, l'assunzione di un tale atteggiamento ironicamente straniante – necessitato dal dissolversi della tradizionale idea di "macrostoria" in un pulviscolìo di "microstorie", di *nugae*, in un mito di aree depresse destinato a vanificarsi in astoricità – si pone proprio come punto di osservazione privilegiato per comprendere quella più generale alterazione del simbolico di cui il secolo scorso è stato testimone, resa ormai irreversibile dall'inesausta invadenza dell'economia a tutti i livelli del mondo dell'uomo; un simbolico, un "ordine di valori", cioè, sempre più volatile, sempre più "tendente allo zero", o magari tendente a un "infinito", a un "mal definibile" – o non sarebbe piuttosto meglio dire "indefinito", perché qualcosa di esso pur resti a portata d'uomo?

Rimane tuttavia una zona perpetuamente scoperta in grado di dar adito a una sorta di "difesa attiva", con l'accordarsi a una «bella d'erbe famiglia e d'animali» di quasi, ormai, preistorica memoria. E certamente Foscolo, con questo verso, già poneva un "programma" particolarmente alto per ogni forma di poesia che facesse seguito alla sua. Eppure, se di "programma" si parla, si dovrebbe anche ricordare che, soprattutto a partire da un certo momento di trionfo positivista, anche la metafisica è stata duramente attaccata, mentre certi valori di tipo metafisico sono stati trascurati, forse perché ponevano delle cesure eccessive tra i vari stati e modi dell'essere: di conseguenza è diventata sempre maggiore la necessità di entrare in contatto con questo *Deus reconditus* o "x", o "enigma" (preferisco usare la parola *enigma* perché la sua radice è fonicamente prossima a quella dell'*angst*, dell'angoscia "che soffoca", del nodo scorsoio). Basta porsi di fronte a un quadro di Escher per scoprire in esso un'analogia con la complessità dei nessi che collegano le varie parti della nostra realtà: siamo proiettati in un continuo "dentro-fuori", rischiamo di arrivare, per una strada apparentemente nota, in un posto diverso o di compiere una scoperta non preventivata, grazie a quella *serendipity* di cui parlava Walpole per indicare la capacità di trovare, in maniera del tutto casuale, qualcosa di inatteso e di estraneo a quanto si stava cercando, e che ha dominato spesso nella vita umana e nelle scoperte, come partire per trovare le Indie e scoprire quella che sarebbe poi stata chiamata, dal nome del suo scopritore, America.

Per quanto riguarda la letteratura, e più specificamente la poesia, l'irruzione dell'inatteso è fenomeno inevitabile, sicché l'errore che di solito si compie nell'interpretare i testi di poesia è di intenderli come consapevoli realizzazioni di un "programma", di un preciso manifesto poetico, quasi come di un progetto di natura filosofico-scientifica. Ma la poesia "realizzata", anche quella riconosciuta (ma sempre a posteriori) come la più conscia delle leggi stilistiche soggiacenti ai propri meccanismi espressivi, è in realtà connessa a un enigmatico-angosciante processo di "genesi" dagli esiti imprevedibili, configurandosi come groviglio inestricabile di fantasmi che aderiscono al vissuto individuale. Questo vissuto primo è per me il paesaggio, ed è proprio per questo motivo che avevo già deciso come titolo provvisorio a queste note, imprecise e non strutturate, *Il paesaggio come eros della terra*, attribuendo al termine *eros* il significato che esso assume nel platonico *Convivio*, attraverso la voce della donna di Mantinea, Diotima: *Eros* è qualche cosa che viene da *Poros* («ricchezza») e da *Penia* («povertà») ed ha a che fare con lo "spostamento", ma anche con la "contrattazione", con lo "scambio", poiché tra *Poros* e *Penia* c'è un senso di "mancanza", di "privazione iniziale", il senso di una infinita perdita che esige un infinito compenso.

Il paesaggio, a ben vedere, ovvero quello che noi chiamiamo «paesaggio», irrompe nell'animo umano fin dalla prima infanzia con tutta la sua forza dirompente; da questo "stupore" iniziale ha origine la serie interminabile dei tentativi (tattili, gestuali, visivi, olfattivi, fonatori...) compiuti dal piccolo d'uomo per giungere ad esperire le cose come si verificano; ma fino a quel momento egli deve illudersi, avvertendo soltanto una specie di "movimento di andata e ritorno", o di "scambio", tra l'io in continua e perenne autoformazione e il paesaggio come orizzonte percettivo totale, come "mondo". Il mondo costituisce il limite entro il quale ci si rende riconoscibili a se stessi, e questo rapporto, che si manifesta specialmente nella cerchia del paesaggio, è quello che definisce anche la cerchia del nostro io. Questo scambio iniziale, che non si può affermare ma nemmeno del tutto contestare, consisterebbe insomma in un gioco che si svolge all'interno dell'io, all'interno del cervello, che però noi dobbiamo riconoscere a sua volta inserito dentro il paesaggio, orizzonte dentro orizzonte: orizzonte psichico (stabilito dal paesaggio percettibile) dentro orizzonte paesistico (inglobante, sempre eccedente, sempre "più in là" rispetto alle effettive potenzialità dell'esperienza umana).

D'altro lato il paesaggio è abitato non da uno soltanto, ma da innumerevoli cervelli ambulanti, da mille specchi diversi ma contigui che lo creano e che, a loro volta, da esso sono creati di continuo: il paesaggio diviene pertanto qualcosa di "biologale"[1], una certa qual trascendente unità cui puntano miriadi di raggi, di tentativi di auto-definizione, di notificazioni di presenza. – In altre occasioni, ma toccando i medesimi argomenti, ho sottolineato l'estrema fragilità di questo «esile mito» (bella l'espressione di Vittorio Sereni) paesistico, più che mai esposto al pericolo di una disintegrazione nei momenti di forte crisi, sia sociale che individuale: in entrambi i casi, infatti, vengono scosse le stesse colonne portanti dell'"io", della possibilità stessa del costituirsi dell'idea di "essere umano" –.

Questo paesaggio creato o concreato dall'uomo, che è manifestazione di un rapporto continuo di gioia ma anche di fuga, di difficoltà, di spaventoso mancamento, può dare almeno una vaga idea di ciò che può essere il paesaggio come manifestazione di un *eros* insito nella natura: un *eros* della natura verso la natura e della natura verso l'uomo, in quanto si è dentro un sistema, *ci si sta dentro*, insomma. Si pensi, per esempio, a come questo amore profondo si sia "naturalmente" sviluppato anche attraverso la divinizzazione delle piante e degli animali nel mondo sciamanico. E chissà poi quali e quante realtà di paesaggio ci possono apparire mirabili o addirittura fatate, se noi le pensiamo ora, mentre in realtà erano abitate da dinosauri che potevano avvertire percettivamente solo alcuni aspetti del mondo – a meno che non possedessero anche loro una religione...

Esiste dunque, relativamente al rapporto io-paesaggio, un *Eros* in riposta fermentazione, un gioco di *Poros* e *Penia*, di ricchezza e povertà, che si scambiano continuamente messaggi: messaggi che possono anche essere fraintesi, messaggi comunque ricchi. Ogni acquisizione culturale dipende appunto da questo dialogo ininterrotto tra uomo e natura, dialogo di madre con il proprio feto destinato in realtà a non uscire mai dall'alvo, nonostante gli sforzi compiuti dalla scienza in questa direzione – e si pensi, per esempio, all'affare delle clonazioni, del tutto apprestato a tavolino, che mira a ripercorrere il cammino compiuto dalla natura in una diversa maniera. La natura, con i suoi paesaggi che erano giardini, erano selve, erano tutto quel che vogliamo, ha impiegato milioni o addirittura miliardi di anni, con una serie infinita di piccole variazioni, di strade sbagliate e troncate, per divenire quale noi la conosciamo nel momento in cui la osserviamo. Sia data, per esempio, una certa situazione *a*: ad essa siamo pur arrivati con l'ausilio di un cervello che la stessa natura ci ha fornito, una mente che può ragionare e ricostruire la propria storia. A differenza di quelli umani, i "progetti" della natura non si presentano mai come "progetti", essendo "genesi" anch'essi, *poiesis* nel senso più arcaico della parola, che è il far essere quello che non si prevedeva potesse esserci: li si potrebbe allora rappresentare come una serpentina, un grande albero con i rami potati, come *Holzwege*, strade perse o sentieri nel bosco che si perdono nel nulla. Eppure è precisamente da questo intricato processo che risulta la situazione dell'essere umano pensante e indagante, appunto, la situazione *a* in cui si trova.

C'è sempre un *quid* di fortuna: bisogna «intivarghe»[2] – per usare un bel verbo dialettale che viene da *typos*, «intipare» –, bisogna entrare nella sagoma della realtà, e siccome ci siamo già dentro, può essere che il nostro cervello ritrovi la chiave senza eccessive fatiche. Tuttavia l'essere umano "progetta" qualche cosa e, così facendo, si colloca nella "presunzione", assumendo il tipico atteggiamento birbonesco e infantile, anche cialtronesco se vogliamo (non dimentichiamo quanto gli dèi cialtroni siano importanti a cominciare da Mercurio, e ricordiamo ancora Ungaretti: «Per un Iddio che rida come un bimbo», ma un bimbo che sa anche essere un *enfant terrible* particolarmente atroce). L'essere umano "progetta" qualche cosa di raggiungibile al di fuori dell'effettivo decorso naturale delle cose: al posto di una linea rastremata, estremamente complicata, pone allora una linea retta, perché il suo è un progetto di tipo ingegnerile, mentre il mondo può anche sembrare la peggior prova in fatto di ingegneria (un buon ingegnere avrebbe forse escogitato qualcosa di meglio della catena alimentare, distribuzione in cui ci si mangia a morsi...). Questa progettazione, per così dire, "lineare", potrà apparire anche meno complessa di quanto lo sia il processo naturale, ma potrebbe non necessariamente provocare la creazione di un essere b rispetto al nostro stato di partenza; voglio dire che, mentre la natura da un a dove siamo collocati, attraverso giri e rigiri, potrebbe arrivare ad un punto b, noi arriviamo molto più probabilmente a un a^1, senza scostarci dalla situazione cui la natura ci ha destinati.

È solo una immagine poetica, se lo è, e niente di più, non ho certo la presunzione di inquadrare in astratto un problema di biogenetica, ma solo di lanciare dei piccoli allarmi che possono giungere anche da considerazioni tutto sommato non eccelse, come questa. Ma è necessario salvaguardare quella sensazione meravigliosa che si ha nel discorrere di questo *Eros* a cui diamo tutte le valenze possibili, perché in effetti uno potrebbe anche innamorarsi di un albero: e non è impossibile che Apollo abbia donato a Dafne lo *status* di albero per poterla amare frustrato; poveraccio, quanti disastri in amore ha subìto! Sono molto più numerosi gli scacchi che i suoi successi, ma non è questa la sede di enumerare le discrasie di Apollo; quella di Dafne, però, resta esemplare perché Dafne è anche l'alloro, quindi il simbolo di una pseudo-eternità...

Insomma, sono mille i ghirigori nella fantasia che possono prestarsi ai rigiri di questa ricerca. Una volta, per esempio, ho scritto «Si orienta la selva ed è giardino»: senza calare un colpo di scure tra selva e giardino, la selva compenetrata può anche spontaneamente trasformarsi da *lucus* in radura, nella quale poi può prendere forma un *kepos*, un giardino. Si tratta di un intersecarsi di fenomeni che stupiscono in continuazione, se uno si avvicina a osservarli – anche se in questi ultimi anni c'è stata una specie di deformazione per cui al posto dei vari imprevedibili dèi è apparso sempre più come guida un vuoto, un *non deus*, un "non-dio", o un "dio" con la *d* minuscola, quindi un senso di affanno continuo verso un punto che sfugge all'orizzonte...

Eppure, un *deus* che continuamente sorprende manifestando il suo esistere anche con abbaglianti precisioni è per me quello che si riconnette ai testi di poesia. Mi sembra giusto aggiungere, per concludere, un riferimento al modo con cui nella mia raccolta *Sovrimpressioni* la scoperta del fascino di «paesaggi primi» (*Ligonàs*, *Palù*, il "feudo" di Nino...) si verifica molto spesso in una luce di amore primordiale, infantile, con ricorrenti segni di linguaggio «petèl»[3].

(2006)

Un paese nella visione di Cima

È facile ripetere cose già dette quando si parla dell'emersione del paesaggio nella pittura tra declino del medioevo e inizi dell'età moderna; ma tanto ricco è il tema che persino i luoghi comuni rischiano qualche novità ogni qualvolta vengano riportati a raffrontarsi con le intime ragioni di questo singolarissimo episodio della storia dello spirito umano. La grandezza dell'uomo in quella della natura, e ritrovata attraverso la natura. La fine del «ciel d'oro», sublimemente neutro, dagli sfondi "diminuiti", e insieme la fine di un isolamento della figura umana tale da escludere la vita della superficie su cui essa doveva campeggiare. Ed ecco che la figura progressivamente coopta a sé, commuove di sé lo sfondo, toccandolo con la sua vita: un soffio sulla polvere del colore unico e sotto di essa appare un oro più intimo, più vario e screziato, un oro sempre più gremito di cose umane, che si allarga, si moltiplica, s'incarna di tutti i colori. È un processo che dura secoli, e si arriva infine al momento veneto di questa epifania. Nella vigna sovrabbondante dei colori-natura l'uomo si colloca vendemmiatore, dio, centro di "attività" anche quando è composto nell'armonica quiete che supera la tensione degl'incontri e delle situazioni più diverse: ma pur restando signore e punto di equilibrio, eccolo signoreggiato dal suo stesso regno, riequilibrato veramente per esso e in esso, in uno scambio senza fine di comunicazioni e di allusioni, di evidenti verità e insieme di simboli e corrispondenze. Il tutto vive nell'uno e viceversa: grazie alla fusione raggiunta nel fervore dell'invenzione cromatica.

E sarà inutile ripetere che i paesaggi erano "preparati", che attendevano l'occhio capace di vederli; diremo meglio che essi, un po' alla volta, hanno generato quest'occhio, sono divenuti "occhio". Sembra cioè che un destino particolare sia toccato al paesaggio veneto piuttosto che a qualsiasi altro, se è vero che qui ha raggiunto il suo momento più alto questa evoluzione, che qui il colore è divampato nella pienezza del suo tempo, escludendo per sempre la possibilità di una pittura che non rispondesse all'appello coloristico come alla propria realtà più profonda. Il quadro naturale veneto si fa avanti come lo stimolo più immediato, più prepotente, proprio per la soffice infinita vigorìa dei suoi colori che quasi negano le forme e i volumi (una loro staticità, una loro possibile crudezza d'astrazione) nell'atto stesso di evocarli, e li trasfigurano in presente perpetua vibrazione, in tinnito cromatico, in onda ed emozione cromatica.

Il paese veneto ha fatto la pittura veneta; e l'ha fatta anche la società organizzatasi in «quella patria», come parve al Berenson e ad altri; e l'ha fatta quel coefficiente imponderabile che è il genio, capace del resto di suscitare una reazione a catena se appena si creino le condizioni storiche adatte. Ma, senza voler sottovalutare gli altri fattori, è in primo luogo nel paese e nei suoi dèi che bisogna credere.

Il paese s'impone con la sua grazia violenta, piena e rapida (può esserci una violenza della grazia, una sua fatalità). Le strutture geologiche, mare piana colli e vette tutti a portata d'occhio; il manto agreste condizionato dall'uomo, il manto boscoso (in altri tempi favolosamente esteso), gli alberi e il loro individuo definirsi nella fantasia dei fogliami, il soave trapasso di ciascuno di questi elementi nell'altro. Dalla roccia all'ordinato anelito delle foglie, ai cori delle selve (modulazione e melodia sia nel riposo che nel movimento). La tastiera dei legni, delle essenze vegetali, dal nocciolo e dal sambuco – sottigliezza, umile snellezza – fino al rovere primordialmente forzuto. *Robur*: forza di linfe terrestri cresciute al massimo, in visibilità, in aggressività di verzure. E poi folle di erbe, nubi, acque – il trapasso perlato delle acque, la loro stasi sognante –, argentee arterie, fini tendini, polpa di ombre e di muschi nel seno del mondo. Un corpo già, una figura preumana? E uccelli e animali consci della loro novità; piumaggi, pellicce, occhi che s'avvivano di desiderio. E sopra, la calma totale, l'ultima e più eccelsa manifestazione, l'effusione del divino, il salto qualitativo: il cielo, che ha tutto per sé il suo azzurro eppure lo riverbera su tutto.

Infine l'uomo: qui, non altrove. Nel suo luogo, tra i richiami della «innumerabile famiglia»; già accennato da tutta la realtà e accolto poi nel folto nido, nella casa immensa, frequentata, stillante. Ecco l'ovocellula; e l'utero per la gemma, per il rampollo, per il «magnum jovis incrementum[4]».

Le figure umane sorgono beate: dalle strette del nulla, dai fondi alchemici, dai ciechi laboratori dove l'individuazione inizia la sua storia, dagli strati in cui la natura dormiva il suo sonno sapiente e faticato, carica di sogni volgenti alla verità di era in era, di attimo in attimo, fino a questo giorno supremo di autorivelazione nell'arte. *Hypnerotomachia Polyphili*: amore e sonno, amore nel sonno iniziale, amore combattivo e vittorioso. Un motivo trevigiano che i nostri pittori vissero, che Giorgione portò in se stesso e svolse, nella primavera della fioritura veneta del Cinquecento e affidò alle grandi stagioni successive, un motivo che Cima ben comprese. Le figure umane si assestano con giustizia, sono concerto, si compongono in sé e nel mondo; guardate, insegnano le leggi dello sguardo. Uniche e al centro o in posizione eminente predicano sempre il molteplice che sta loro alle spalle: ciò che s'accampa ripetuto con l'abbondanza dei pomi e dei fichi negli orti, come granuli di miele in un aperto siconio, come miriade e pluralità stretta a gioiello in grappoli e corimbi: la gran terra veneta, il grande instancabile insegnamento, l'inno che dirompe ogni sordità ogni buio o pallore di morte, la sicurezza che sempre si rinnova.

Prima del Giambellino, dice il Boschini nella sua *Carta del navegar pitoresco*,[5] il mondo era inverno, «da lu deriva ogni verdura» e da lui ha inizio quell'avventura fiammeggiante che culminerà in Tiziano e si protrarrà di scoperta in scoperta fino a tutto il Settecento. S'avvicendano, uno dopo l'altro, i grandi, e soprattutto in quel meraviglioso trapasso dal Quattro al Cinquecento la scena è stipata di presenze in pieno ritmo di creazione, che si scambiano le loro esperienze e le irradiano tutt'intorno. Ma ai nomi massimi si accompagnano, ad aiutarli, a incoraggiarli, a preannunciarli, o a costruire in purezza e a parte un loro mondo, maestri in qualche modo minori: minori per quella convenzione che dà, a chi è interprete di stati d'animo più semplici e miti e privi, per innocenza, di "distacco", un posto più basso di chi è preda di divoranti e superbi ardori. Cima nella limpidezza del suo sguardo, più vicino a noi, quasi più dimessamente umano, il paese e l'uomo parlano con la familiarità di una circoscritta giornata di pace quotidiana. Il bene metafisico è tenuto un po' in ombra, in ombra il senso di un trionfo: quella quotidianità è intessuta di mille "ruscelletti di salute", di mille sobri fili; di quel bene lascia tralucere le forze attenuandone le prospettive immense. Tutto è qui, tutto si affratella a noi, è per noi: questo è Cima, «par che con la Natura e 'l se afradela»: originaria fratellanza dell'uomo con la natura piuttosto che misterica filiazione. Un incanto che si ritrova in tutti i quadri cimeschi di figura e paesaggio, più smalto goticizzante all'inizio, più soffio e calore in seguito. Questo "stare fianco a fianco" per una legge accettata istintivamente sarebbe dunque minore e diverso dal rapporto proposto dai massimi? Forse. Ma non è minore né diverso nella stessa misura in cui, pur rimanendo se stesso, prepara, integra, costituisce variazione. Abbiamo qui le figure e le terre che si ritrovano o più o meno negli altri grandi (e, fra tutto, Conegliano, vero sigillo), ma qui la fantasia vagamente ariostesca che anima le linee dei colli e mobilita le minime vite dei personaggi di sfondo, s'acqueta nel tenace colloquio con una realtà amatissima e impellente alla quale il maestro rimaneva sempre ancorato, nel suo affetto nativo affinato talvolta dal vagheggiamento del ricordo. E i colori delle immagini "portanti" sono da cogliere come frutti. Questo mondo non ci intimidisce, ne sentiamo il respiro, ne sentiamo battere il calmo cuore.

L'armonia veneta si atteggia qui in un suo sogno di onesta fanciulla, sogna se stessa come agreste e soda vitalità, che non vuol nemmeno sapere di quali fatiche e rischi vinti sia testimonianza: e i castelli premono pingui di logge finestre e torri, le stradicciole e le mura gironzolano per balze a misura d'uomo, la chiesetta conversa col querciolo che le fa compagnia, i dirupi si sciolgono in serenante accessibilità, le piante sono quelle che ci donano ombra e che portano dovizia sulla nostra tavola; le donne i giovani i bambini i vecchi vengono dalla campagna di sempre: salute baldanza grazia dignità immediate. È quella di Cima, la variante in cui la realtà veneta appare come "distesa" in un mito benigno e terrestre, senza ieri né domani: da godere ora in questa rifrazione, che non è tutto, ma che, non tremando nemmeno di segrete proposte di superamento, non trema di nulla, è certezza di universale concordia, di un primato in nessun modo discutibile della vita, è pane offerto umilmente come se per diritto dovesse appunto essere "quotidiano": forse il più difficile.

(1962)

Verso-dentro il paesaggio

Resta sempre in sospeso, non è mai passibile di una definizione totalizzante, ciò che da molto tempo si pone come un orizzonte aperto di ogni attività psichica – si direbbe quasi – e cioè una certa idea di paesaggio. Essa viene soprattutto dalla pittura e converrà ripercorrerne la formazione, a partire dal XVII-XVIII secolo, perché ancora oggi, nonostante le innumerevoli tempeste innovatrici, le febbri che hanno pervaso tutte le arti, fino alle enigmatiche soglie di quell'annientamento che incombe sul mondo attuale, non ha perduto completamente forza né seduzione. Quel cerchio di luci, ombre, vaghe figure che continua a inanellarci col suo tessersi, smagliarsi, ricomporsi – solo che si esca per un attimo dalle metropoli – ci arriva sempre come paesaggio, persino nella prospettiva degli aerei, resta l'epifania più adeguata della "natura". Sì, è vero che oggi questa "natura" è sempre più violata, che la proliferazione urbana e la distruzione delle foreste ormai stanno per generare mutamenti catastrofici in cielo in terra in ogni luogo; è vero che anche i paesaggi in apparenza più incontaminati ardono di micidiali invisibili radiazioni. Ma è pur vero anche oggi che qualunque tentativo umano di cogliere, sia pure per un solo attimo, il rapporto con una verità potenzialmente globale in cui origine della natura e origine dell'io si incontrino, sottintende comunque una visione-idea che è il paesaggio come è stato mediato soprattutto dalla pittura.

Quell'universo descrittivo (e annotato) che è il paesaggio in un primo momento irrompe quasi in sordina nella pratica pittorica attraverso l'infinito campionario di campagne, colline, valli, alberi, casette, fiumiciattoli che occupano indifferentemente tutta la scena, i primi piani e gli sfondi, dalla realtà all'invenzione, facendo perdere alla figura umana quel predominio, assoluto o quasi, che aveva avuto in precedenza lungo i secoli e alternandola, o meglio ricomprendendola, come "accidente", contingenza che si confonde tra il verde e il cielo. Tutto questo avveniva in accordo con quel nuovo senso panico della realtà che si autorivelò in forme diverse ma tra loro complementari tra illuminismo al tramonto, idealismo e romanticismo.

Il concetto di paesaggio inserito nel "genere" (che andava dall'ideale, antico, eroico al pastorale e campestre), quale era stato fissato nei trattati del Seicento e del primo Settecento, favoriva il pregiudizio accademico, tanto che da Chambers,[6] ad esempio, il paesaggio è stimato «uno de' rami inferiori della pittura». Ma contro una posizione tanto censoria o quanto meno riduttiva cresce sempre più negli artisti una incontenibile propensione verso nuovi incontri e nuove sintesi, verso un rimescolamento radicale, in cui il rapporto uomo-natura e natura-natura venga coraggiosamente angolato in un'ottica prima imprevedibile. Così, di già l'*Encyclopédie* definisce il paesaggio come uno degli ordini «des plus riches, des plus agréables et des plus féconds de la peinture», e allora i giochi sono fatti; è il segnale che ogni reticenza o dubbio precedente sono stati abbandonati.

Le esperienze e la produzione dell'Ottocento mostrano caratteri o schemi operativi molto differenziati; innanzitutto l'abbandono dell'effetto panoramico (l'obiettivo è quindi chiuso fino alla definizione del particolare), un sostanziale disinteresse per il luogo da prendere a soggetto, il rifiuto della stilizzazione, del verde composito, ideale; e pian piano le forme scompaiono; si confondono fra realtà e fantasia. Il pittore incomincia a prediligere il *plein air*, non c'è più un atteggiamento distanziato (passivo) nei confronti dell'ambiente, e l'amore o solo l'interesse per ogni aspetto della natura si traduce in un concetto avvolgente, soggettivo, ricco di risonanze nelle quali tutta la gamma del "sentimento" si autoesplora. Da un punto di vista critico assistiamo allo sfibramento, allo sfaldamento delle categorie o delle distinzioni che, svincolate dal genere (ormai destituito definitivamente di ogni sua funzione, non più esistente), assumono nuove valenze; anche gli artisti contemplano, analizzano nei ricchi taccuini, perché ormai c'è una stretta connessione fra la teoria e l'esperienza concreta.

Il passaggio dalla figurazione esterna, quasi asettica, depurata di ogni irrequietudine (è una volontà ancora sopita, tranquilla) all'immagine che lascia trasparire un abbandono inconsapevole alla e nella natura, nella sottintesa connessione con le illimitate accezioni che si possono attribuire a questo termine, e con la definizione dell'istante significativo, può e deve essere ricercato in Camille Corot.

La serie di dipinti custodita presso il Museo di Reims è molto ricca di coerenza e importante perché, ben documentate tutte le tappe cronologiche, permette di ricostruire senza ricorrere a riferimenti esterni il percorso dell'esperienza di Corot, e anche di analizzarne alcuni momenti fondamentali che tra l'altro io sento come particolarmente vicini.

Se la storia è realtà decantata, ridotta all'essenziale, al valore, e se insieme è anche immaginazione, passione, attitudine a vivere con estremo coinvolgimento emotivo, ecco che intelletto e sentimento si integrano, si fondono. Corot nel complesso della sua opera certamente ridefinisce in termini nuovi il sentire la natura, tanto che questa nella rappresentazione (il paesaggio) deve darsi pienamente, avere un senso, essere rifatta, manipolata, perché solo così sarà posseduta all'origine. Potendo scendere nel nucleo delle intenzioni, al di là dello stesso risultato pittorico, per descrivere il processo creativo, dall'impulso alla realizzazione, probabilmente si coglierebbe la trasmissione delle innumerevoli forme, viste come stimolo, sollecitazione, richiamo visivo, che l'occhio afferra, elabora, disseziona, inventa ed infine ritrasmette. Forza passionale, ed urto emotivo, si perdono nel prevalere di una corrente di desiderio che fonde una circolarità, ed insieme una tangenzialità, nel comunicare la sensazione e l'immedesimarsi nell'ambiente, compiendo il ciclo per intero, dalla realtà interiore alla realtà esterna (la natura) e viceversa. Si crea così una zona di rimandi speculari ma non mai chiusi: tutto resta aperto su un altrove pur godendo di se stesso. Quando l'intesa affettiva è costante e profonda ecco che il mondo non è più uno spettacolo da ammirare, da contemplare passivamente, ma un'esperienza da vivere, e soprattutto da conoscere, proprio attraverso la pittura. E la famosa fotografia di Grandguillaume che ritrae Corot con lo sguardo in macchina leggermente sorridente, mentre sta dipingendo seduto tra l'erba, si fissa insieme a quel suo «mai perdere la prima impressione che ci ha commossi». È questa la porta sempre aperta, la sorgente che rampolla fresca, serena eppure incontentabile.

Il primo viaggio in Italia (1825-28), ed insieme i due successivi (1834 e 1843), sono sicuramente stati per Corot una fonte inesauribile di stimoli visivi, sia per tutto quello che può aver suggerito una tradizione culturale vicina, e nello stesso tempo diversa, sia per gli spunti, le intuizioni nati dal contatto con quel paesaggio molto caratterizzato. Gli elementi compositivi, i colori, alcuni particolari, o la loro decantazione, si impressionano nella retina, e assorbiti involontariamente sopravvivono come sedimento, magari nel ricordo; è un'eredità difficilmente controllabile che spunta ad ogni occasione, ma mai appare come citazione definita, o forzatura. Nel piccolo studio dal vero, abbastanza semplice ed approssimativo, che ritrae il *Monte Cavo*, eliminate le figurette, i volumi vengono resi attraverso campiture larghe e piatte, senza eccessiva attenzione per i dettagli della vegetazione anche se balza agli occhi la macchia, mentre il cielo (zona chiara e luminosa) è diviso nettamente dal paesaggio.

Quando penso che Corot ha visitato Venezia, mi chiedo che impressione deve avergli fatto il delicato saliscendi della pianura padana, della terraferma, fino alle lagune, perché probabilmente aveva capito molto bene il raro valore di quelle immagini differenti, di sicuro dense nei richiami, nelle sollecitazioni posteriori. Il soggiorno italiano, e soprattutto romano, è stato poi fecondo per la rielaborazione dei temi, forse nella memoria, sebbene il risultato pittorico ed emotivo sia piuttosto deludente come dimostra *La danse italienne* (ma potrebbe essere pure *Souvenir du Lac d'Albano*) con tutto il corollario di varianti.

E già allora troviamo gli alberi, quei grandi, animati esseri in cui pare si presenti ogni virtualità e potenzialità dell'Essere. Occupano frontalmente buona parte della scena, preferibilmente ai lati, creando una cornice che finisce per produrre un effetto di bidimensionalità; la prospettiva è data unicamente dalle costruzioni che si intravedono sullo sfondo con, qua e là, le loro guglie-puntine, e dall'acqua: soggetti ricorrenti insieme ai personaggi inseriti nei primi piani. La stanchezza e la ripetitività comunque non spengono mai quella pulsione, quell'incontrare e identificare intensamente ogni albero, ogni ramo, ogni foglia che rimangono così intrisi del senso intimo dell'autocrearsi della natura, ricordando non solo i luoghi, magari trasfigurati, ma la loro essenza, il loro potere di rinvio a un "altro luogo".

I dipinti che rappresentano la cattedrale di Mantes, ormai degli anni dopo il '60, pure sfruttando inquadrature diverse tra di loro, portano entrambi in primissimo piano ancora un albero insieme al contorno composto da dama, pescatore o bambinetti, con il fiume che suddivide, scandisce lo spazio, mentre l'edificio seminascosto dal fogliame delinea lo sfondo. Lo schema compositivo è quello ripetuto, viene misurato in base ed altezza, e se la profondità del campo è ottenuta unicamente dall'acqua, l'attenzione è ancora una volta preminente per certe sfumature dei colori intenti a "dare" il paesaggio, colto non come riproduzione fedele, documentata del luogo, ma immagine occasionale eppure lievitante, benigna, rivelazione di un sentire-sentirsi. Del resto gran parte dei soggetti trattati da Corot riguardano ambientazioni che non hanno referente topografico, e una piccola serie è già indicativa: *L'étang à l'arbre penché, La liseuse sur la rive boisée, Un ruisseau (Environs de Beauvais), Une allée dans le bois de Wagnonville, Un chemin sous les arbres au printemps, Printemps. La Saulaie.*

Quest'ultimo raffigura un tratto della campagna francese con i contadini (macchioline) al lavoro, i salici ben disposti, precisi, le casette fra il verde, e in mezzo, a tagliare il piano orizzontale, scorre il fiumiciattolo dove riverbera la luce, fissando così l'impianto che riassume e sintetizza una tipologia radicata. Il grande amore che coinvolge tutta la realtà, scintilla anche nei particolari, accarezzandoli nel constatarli. C'è forse il ricordo delle atmosfere italiane, dello stesso calore, filtrato attraverso un paesaggio che nella visione diretta è ricco di sorprese, ancora tutto da scoprire, sempre nuovo negli stimoli, e per questo il bisogno di definire il particolare, la cura delle forme (con le figure appena confuse, inghiottite tra il verde) è estrema, quasi l'unico modo per fissare l'istante fosse riprodurlo tale e quale. Il gusto quasi per la riscoperta di un ricamo sottile di ordini si allea alla fiducia in una larga e circonfondente energia che tutto omologa fecondamente.

Questo è anche il periodo di maggior successo di Corot. Egli si trova in perfetta sintonia con una richiesta nella quale i gusti dell'epoca trionfano con i soggetti campagnoli, il profumo villereccio, lo sfarfallio di figurinette seminascoste. Vi si riflettono, in un processo di accostamento, le propensioni di quell'entità così difficile da definire e catalogare, che è lo spirito comune, l'eredità del gruppo. Nello stesso modo l'azione è sinergica quando Corot dipinge *Le coup de vent* che rappresenta un punto di arrivo, terminale per la sua ricerca, con una notevole ipoteca sul futuro; eliminato ogni elemento superfluo, estraneo (ovvero non naturale), rimangono solo gli alberi disposti ad arco che, occupando tutta la superficie, si stampano nel cielo grigio, da fondale, e manca qualsiasi proporzione, o meglio, non c'è più alcun valore di riferimento. Lo testimoniano anche certi residui-ornamenti, sedimentazione di un qualche cosa che non vuole estinguersi, polverizzarsi, ma alla fine deve necessariamente scomparire: la figura ormai piccola, sottodimensionata, irriconoscibile. È lo strano riscatto che finalmente si compie dopo un'attesa protratta per lunghissimo tempo, dopo innumerevoli tentativi, dispute e contrasti teorici che hanno diviso profondamente gli animi.

Il processo esplorativo – l'entrare nella realtà – rimane quasi sicuramente in Corot un esperimento incompleto, un successo parziale, a metà, in bilico tra la realizzazione dell'empatia (è l'immaginazione con la sua forza) e l'eccessiva scioltezza, il languore che corre il rischio di trasformare tutto in decorazione, ricciolo, debolezza. È un pericolo evitato accuratamente negli studi dal vero che però diventa incombente quando il sovraccarico tecnico schiaccia la pulsione creativa e soprattutto quando le attese (o le pretese) del mercato ad un certo momento non lasciano spazio alla riflessione, ai ripensamenti, a nuove strade. Comunque il coagulo, la sintesi anche di quelle idee che non vengono mai espresse concretamente ma girano nell'aria (possono essere annusate), raggiungono nell'opera di Corot un amalgama vitale, l'espressione intersoggettiva che altrimenti sarebbe rimasta nascosta o peggio ancora non si sarebbe neppure realizzata, andando perduta. E dove c'è stato un cedimento nelle intenzioni, una mancanza in quel grande progetto che vive tra il dire e il non dire perché è sconosciuto all'autore (la progressione della *sua* storia), qualcun altro è riuscito tempo dopo, tenendo sempre tesa quella corda che unisce "natura" e "paesaggio".

Mentre osservavo i quadri di Corot non ho potuto resistere all'accostamento, al richiamo che alcuni pittori a me più vicini, sia nelle sensazioni trasmesse dai paesaggi sia geograficamente, venivano a proporre. Se infatti fosse possibile idealmente congiungere l'esperienza di Corot ad un'ipotetica linea veneta formata da Guglielmo Ciardi, Pietro Fragiacomo, Giacomo Favretto, Luigi Nono, Ettore Tito, Noè Bordignon, ne uscirebbero delle somiglianze abbastanza interessanti anche se non sul piano della resa pittorica, della qualità. Infatti questi artisti sono vissuti nel clima veneziano della seconda metà dell'Ottocento, non privo di vitalità anche se ben lontano dagli splendori del secolo precedente.

Certo in quel clima i richiami o l'influenza degli esempi francesi, chissà quante volte filtrata, erano presenti e assumevano una connotazione estremamente decantata. Eppure ciò che sicuramente accomuna questi artisti veneti, nella progressione, nell'arricchimento dell'immagine della natura, è proprio quel desiderio, intenso anche in questi maestri minori, di entrare nel paesaggio, di arrivare alla definizione del momento che fissa un legame tra l'emozione e il segreto tremito dell'ambiente aperto che la suscita. In fondo la produzione di Corot può ben essere l'archetipo, l'idea originaria, dove si innesta per esempio la trasfigurazione dell'ambiente fatta da Guglielmo Ciardi, tutta protesa verso il quotidiano, eppur vibrante della percezione di un infinito insieme. Ma questi sono i paesaggi di una persona che ama la natura e la vive troppo da vicino perché si avvertano solo silenzi prolungati o la mancanza di rumori, quando descrive nei dipinti fluviali lo scorrere pigro dei battelli sull'acqua appena scossa, mentre magari sullo sfondo si stagliano le linee compatte degli alberi. Le immagini in consonanza con Corot sono molte, anche se molte sono le differenze.

Al punto terminale di questo tipo di esperienze vedo anche quella appartata di mio padre, insegnante di disegno, miniaturista e pittore, i cui paesaggi mi riportavano tra le pareti domestiche l'infinitudine dell'appello dei colori che mi vedevo intorno, nel grande "fuori", pur così piccolo geograficamente, i luoghi dove sono nato e che non ho mai abbandonati. Sicuramente a questi antichissimi stimoli visivi, grazie a mio padre che era così devoto a Corot come alla tradizione veneta, si ricollega una certa mia idea-emozione fondante nata dal e nel paesaggio: qualche cosa che non si stanca mai di lasciarsi definire, anche attraverso le parole, mentre è in fuga da ogni possibile definizione perché in sé le racchiude tutte. *Dietro il paesaggio* è il titolo del mio primo libro, ma per me questo può essere ancora un programma. In esso l'aura di Corot ha sempre qualche cosa di cui avvertirmi, da richiamarmi; e quest'aura ho sentito più che mai nelle opere del Maestro presso il Museo di Reims.

(1994)

Mio ambiente natale

Verso il montuoso nord

Come il Ventoux accompagna una larga parte del paesaggio di Provenza, massiccio esteso e non alto, ma dalla struttura spesso "scomoda" e difficile a seconda dell'itinerario per arrivare alla vetta, così si presenta per me la parte nord del mio ambiente natale, mai abbandonato, ma con una parte collinare che è articolatissima e sempre più erta, primo presagio delle pareti dolomitiche – poi di montagne di tipo prealpino, seni molli e materni, ricchi d'erba e sul retro di boschi o pianori di tipo "svizzero", come la Val Morel di Buzzati, prima di Belluno, delizioso mondo a parte, colmo di colori e di aperture vaste. Là sorge la cappellina a Santa Rita, eretta in ricordo del meraviglioso ricamo di "miracoli" del fantastico, disegnati da Buzzati. E, subito dopo, i templi dolomitici infiniti di forme, guglie, punte, prismi e colori che vanno al tramonto dall'*enrosadira* (rosa) all'*esblanqueda* (pallore) al *ris dei muart* (riso dei morti), violette ultime luci in fuga. Con una terminologia neo-latina arcaica che si riscontra anche nei toponimi...

Mi sono dunque più volte arrampicato su pendii come Petrarca sul Ventoso lasciando andare avanti nell'incertezza e nel mistero i compagni di cammino. Prendevo per conto mio tragitti laterali, tendevo insomma ad allontanarmi, più che per paura, per un bisogno di solitudine e di colloquio diretto e più ritmato con le forme della natura, e portandomi non a meditare verso entità di tipo religioso petrarchesco, verso l'autocoscienza macerante, e i sensi di colpa, ma piuttosto a lasciarmi permeare dal senso del Deus vivente nella natura, e probabilmente al di là di essa (per quel che noi possiamo sapere). Nella salita delle prime balze dei nostri monti, vedevo ragazzi più robusti di me guardarmi dall'alto, ma lasciandoli perdere, sicuro di raggiungerli fin che le altezze non fossero state proibitive per le mie forze. Già in quegli anni lontani dell'adolescenza, avevo letto a scuola i brani più famosi della stupenda lettera del Petrarca, riportati in antologie, rendendomi conto delle radicolari continuità della lettera con vari punti dei *Fragmenta*. Più tardi meglio conobbi il senso della gioia liberatrice pur contraddetta dall'infiltrarsi di un'indifferenza, al momento del toccare (sia pur mediocri) cime, e, proseguendo gli studi, sentii sempre più quella speciale sublimità petrarchiana che ha trovato modo di evidenziarsi proprio in questo testo (al di là delle sue molteplici strutture analogiche e retoriche, del suo straordinario gioco di contraddizioni e *Holzwege*), come snodo decisivo nel passaggio dal medioevo al moderno: energia dominatrice di una bellezza sfuggente con nostalgie quasi mistiche specialmente verso la terra italiana, nonostante un continuo "viraggio repressivo".

Quasi ogni settimana si partiva dalle colline per andar sulle vette facili delle Prealpi; spesso però, spingendoci attraverso i passi in bicicletta, si entrava nel seno dei grandi labirinti dolomitici, che in gioventù percorsi in lungo e in largo. Erano passeggiate che duravano giorni, da un rifugio all'altro, e le mie imprese toccarono anche qualche modesta "ferrata" e si svolsero soprattutto nelle zone dell'Agordino e Zoldano, tra Civetta e Pelmo. Naturalmente, ascritto alla categoria dei "passeggiatori" – anche se con l'aureola di contemplatore poetico, e quindi, in qualche modo, ben considerato –, ero tuttavia schiacciato dal senso di inferiorità nei confronti degli scalatori, numerosi tra i miei compagni giovani ma anche tra gli anziani, già in queste zone di primo reclutamento militare alpino. C'è gente di qui che scala, sulle Dolomiti, anche dopo i settant'anni...

Di quelle passeggiate e del modo in cui le vivevo restano numerose tracce disseminate nei miei versi fin da quelli iniziali di *Dietro il pae-*

saggio, e cito ad esempio una poesia di *Vocativo* intitolata «I compagni corsi avanti» (appunto), dove però ben diversi sono il contesto ed il clima (quelli tragici della guerra e della morte reale di miei coetanei), ma stranamente affini restano il "volgersi" e lo "smarrirsi", il defilarsi quasi. E appunto si aggiungeva, in questo caso, un oscuro senso di colpa dovuto all'"essere sopravvissuti", mentre i compagni erano stati, morendo, "fino-al-picco-del-vivere". E su quelle montagne si spalanca per me come un'ombra fredda, un baratro-nord, che si mescola all'azzurro più limpido delle nevi, turbandolo. Ma è soprattutto in *Fosfeni* che risulta evidente il mio rapporto ancipite con la montagna. In *Fosfeni*, quasi in ogni testo, in ogni verso, in ogni fonema, perdura una qualche traccia del mio vagabondare errando qua e là per crinali, per valli, gole, fino all'incrudelirsi delle vette, raggiunte come «sciando all'in su», in una ascesa che a un certo punto diventa puramente metaforica, mentale, onirica e matematica insieme. Sono ghiacci, geli, nebbie, galaverne, nevi e colori (ori, blu, viola, rosa o azzurri) in cui qualcosa trabocca, guardandolo, oltre la sua stessa presenza. Era magari inverno, con il termometro ben sotto lo zero, nell'apparire di sottilissimi ma ostinati e violenti equilibri tra fisico e metafisico.

Più che di uno sguardo unificante, quindi, anche se variatissimo, capace di acquietarsi nella contemplazione del mondo accettato e "superato" dall'alto, come è quello di Petrarca sul Ventoso, la mia "volontà di levitazione" è sempre stata complice di qualcosa di materico, d'un residuo cromatico insieme stagnante e scorrente. Tutto era in uno sguardo appellante e visionario: un ruscello, o un lago ghiacciato, i mulinelli della neve o i vinchi piegati nel greto erano indizi o basi di un fondamento, di un logos e anche di una forma di eros "largamente spesi", senza volere nulla in cambio. Quasi che, oltre tutta la perdita che avevo accolto in me (e che era anche storica, come nel *Galateo in bosco*, o privata, come in *Idioma*), lampeggiasse, magari nella forma di «lucciola-ghiaccio», una qualche possibilità di armonia, se non presente, futura almeno – che l'uomo aveva trascurato o tradito, non comprendendo la natura e (come dico in *Filò*) non amandola abbastanza.

Ma dalle ricchissime sollecitazioni che vengono dalla lettera di Petrarca c'è almeno un altro motivo che sento prepotentemente mio, e che in fondo è connaturato allo stesso cammino della poesia come si è configurato per me fin dall'inizio e poi via via negli anni seguenti fino ad oggi; ed è l'etica del lavoro: «labor omnia vincit improbus» (l'ostinato lavoro vince ogni difficoltà) ripete Petrarca citando Virgilio. E anch'io ho sentito la spinta a scrivere come un dovere, oltre che una necessità, cui non potevo sottrarmi,

perché qualcuno stava parlando proprio a me,
e mi sembrava di essere partecipe di una verità
in atto e quasi sul punto di esclamare anch'io,
come Petrarca, «ecco finalmente ho detto la verità» (anche se era una verità provvisoria e scivolosa, sfaccettata, "mutante"). Scrivere, quotidianamente, come dopo una passeggiata e quasi
sotto l'effetto di essa, variandola, il più spesso
verso il montuoso nord:

sino a notte, sino al favo di sfinite nevi
    poi adocchiato in tondo di
    luna

(1996)

Ragioni di una fedeltà

L'insediamento umano nel quadro naturale costituito dal paesaggio potrebbe apparire del tutto accidentale o senza senso o addirittura dannoso come una piaga. Anche nel nostro tempo ritorna la tentazione di vederlo in questo modo: dalla "prospettiva di Sirio", un Micromegas[7] disgustato dell'uomo e delle sue malefatte, o del suo inesplicabile brulichio, forse spazzerebbe via volentieri la corrompente presenza dei formicai umani, liberando la purezza del verde e dell'azzurro, del bruno e dell'aureo, i colori della gemma terrestre nella sua originaria configurazione. Ma se, con sufficiente orgoglio e sufficiente umiltà, ci si colloca sul piano dell'uomo (ed è questo il postulato implicito in ogni discorso che dall'uomo provenga), è necessario che riappaia un senso della presenza umana nel quadro naturale. Dei segni lasciati da questa presenza non si può discutere se non in quella tensione che si fa «misura di tutte le cose».

E allora l'insediamento-piaga scompare per lasciare il posto all'insediamento-fioritura, che un ambiente terrestre deve essere pronto a ricevere, anzi è in qualche modo predestinato a ricevere. A questa scommessa non si può sfuggire; l'uomo, quale momento più ardente della realtà naturale, si colloca in essa al punto giusto, la riordina alle sue leggi e in ciò stesso ne rivela la preumanità, quell'attesa in cui essa si preparava alla sua più complessa riuscita (se non osiamo dire più alta). E tale "collocarsi" dell'uomo assume piena evidenza quando lo si considera sotto l'aspetto dell'insediamento, giacché questo, come i lineamenti di un volto, traduce in termini sensibili tutta una storia della ragione, il suo sfolgorante successo, oppure, come purtroppo è possibile che accada, il suo fallimento. Il paesaggio viene dunque ad animarsi e a meglio splendere nel lavorio umano che vi opera, perché al di sotto della sua apparente insignificanza esistevano elementi che un "giusto" antropocentrismo ha fatto risaltare. Nello stesso tempo un tipo determinato di società manifesta la propria raggiunta maturazione potenziando quella che si potrebbe dire l'espressività della figura di un territorio, grazie all'insediamento che vi si è formato e che ha trovato le sue motivazioni socio-economiche nelle particolari possibilità vitali offerte dal territorio stesso. E nel mutare dei tempi e delle attività umane questo può quasi "reincarnarsi" assumendo diversi aspetti, avere più d'una epifania pur conservando la sua anima e rimanendo fedele alle sue divinità indigeti.

L'Italia intera è testimonianza, nel bene e nel male, di questi fenomeni, forse più di qualunque altro paese del mondo; e si vorrebbe sottolineare qui, tra le tante situazioni, quella del paesaggio veneto, da cui senza dubbio sono state stimolate tanto la nascita e la crescita di un prodigioso mondo pittorico quanto l'invenzione di un tema architettonico singolare quale la villa con il suo sfondo di giardini e di viali alberati. In certe zone della nostra regione, come quelle pedemontane e montane e specialmente nel Feltrino, si nota poi una presenza felicissima, che ha potuto preservarsi fino ad oggi: tutto un tessuto connettivo di antichi insediamenti rurali che costituisce il raccordo tra i piccoli e mirabili centri urbani (o le ville) e la libertà di uno sfondo paesistico quasi intatto. Nella zona di Feltre molte delle comuni abitazioni rustiche, i loro raggruppamenti più o meno vicini alla casa-villa padronale, appaiono come un istintivo fatto architettonico e urbanistico, quasi sempre rispondente appieno sia alle esigenze della funzionalità pratica (relativa al tempo in cui venne concepito) sia a una volontà di decoro e di rispetto amoroso per l'ambiente naturale. Queste umili casupole accennano a una verità ed a una completezza di vita, hanno una loro dignità e autonomia tanto nel sommesso riecheggiare i motivi della villa quanto nel contrapporle moduli propri. Appaiono abitazioni le cui elementari strutture sono originate da elementari bisogni, ma che si fanno vivide di una specie di sapienza per l'immediato sedimentare in un accordo con quanto le circonda, per il loro risonare dell'essenza stessa delle mille cose da cui traggono ragione di esistere.

È un amore per l'armonia che pur con mezzi minimi vuole pronunciare la sua parola che viene tollerata a malapena: realtà di un popolo mai disfatto nella sua battaglia per preservare la vita, la vita di tutti; realtà di un ceto che si distingue dalla casta dominante con l'opporle virtù ad essa ignote ma capace di intendere certi valori, soprattutto estetici, che nell'ombra di quella vengono affermati, e di appropriarsene in qualche maniera. Il popolo senza segni o stemmi, il soldato ignoto, terra nella terra e sale della terra, si dichiarava con le proprie abitazioni, proprie anche se spesso appartenenti giuridicamente al padrone e da lui fatte costruire nel riverbero di un'alta arte architettonica. Il popolo si affacciava con la sua spontaneità entro il margine ridotto, quasi soltanto "indicato", di quell'area in cui si esprimeva il grande estro costruttivo accortamente tenuto a servizio dal padronato.

Ed ecco la loggetta dalla quale si può godere il sole ed esporre al sole i prodotti del campo, ecco magari una sola colonna, o accenno di colonnato che pure ha identificato un suo ritmo, o la finestrola, o la serie di finestrole talvolta delicatamente ornate, che hanno cieli nevi e boschi da inquadrare nella lenta fantasmagoria delle stagioni. Eleganze nette pur nella loro embrionalità, tensioni di coscienza artistica e paesistica appena uscenti dal virtuale: ma c'è la facciata, il portico, il cortile, la disposizione delle costruzioni, c'è un insieme che si è fuso all'insieme più vasto delle figure naturali. Appariva così, nelle sue sfumature più complesse di quanto talvolta si creda, la creatività di una cultura che era popolare senza essere «di massa», appariva lo spazio per i lavori, per i beni, per gli strumenti di chi faticava nell'anonimato ma non si perdeva e non disperdeva: specie in queste zone alpestri dove tutta la gente è temprata alla fierezza e all'indipendenza.

Si sa quali sono i problemi che travagliano ora l'alto Veneto e quindi anche il Feltrino: paesi che si vanno spopolando nonostante la tradizionale fedeltà degli emigranti al suolo d'origine, ritardo nello sviluppo industriale e nella programmazione a tutti i livelli, mentre esplodono altrove energie economiche e tecnologiche incontrollate, in una nevrosi che mette radici e ramifica nel vuoto ideologico e morale tipico delle epoche di transizione. Quassù arrivano più che altro le conseguenze nefaste di un fenomeno che pure ha gli aspetti di una vitalità grandiosa e feroce. Intanto resta quasi dovunque sfregiato il volto antico delle città e le campagne vengono infiltrate da una specie di sfilacciato tessuto urbano, proliferante in costruzioni amorfe, come quelle villette-benessere che, se saziano un'antica fame di abitazioni per tutti, oscurano con la loro caotica disseminazione ogni angolo del paesaggio.

In questo clima tutto ciò che riguarda la conservazione di strutture d'insediamento sviluppatesi nel passato (senza che qui ci si voglia riferire a centri già riconosciuti come monumentali) rischia di apparire soltanto come un bel gesto, un omaggio a un tipo di equilibrio ormai tramontato, nell'attesa di altri equilibri ancora di là da venire. Ma è già qualche cosa: e non importa se il restauro dei vecchi ambienti rurali, con l'invito rivolto ai loro abitatori a non abbandonarli, possa in un primo tempo assolvere solo la funzione di modesto richiamo turistico per il distratto "uomo di città" alla ricerca di un'autenticità naturale salvaguardata per le sue squallide fantasie di evasione. Non si tratterebbe comunque di *pueblos* dentro le riserve, con pochi pellirosse a farvi da attrazione; perché sempre resterebbe in primo piano il problema della creazione di fonti di attività nuove nel quadro della programmazione generale. Inoltre questi ambienti possono, con immediata utilità, essere destinati a residenza di fine-settimana abbastanza vicina ai centri di pianura. Si potrà discutere su queste prospettive, su queste risoluzioni, ma esse non sono indegne né trascurabili. E sono, comunque, provvisorie, perché oggi tale è la rapidità dei mutamenti socio-economici causati dall'affacciarsi di sempre nuove situazioni vincolate all'irrefrenabile sviluppo della scienza e della tecnica, che qualunque previsione sul futuro è scarsamente attendibile.

Comunque ciò che conta è che queste abitazioni intanto vengano investite dal presente, dall'attenzione e dalla coscienza presenti; e sia almeno consentito scommettere che esse non avranno mai la triste fine dell'oggetto obsoleto, dello strumento disusato, come l'inginocchiatoio o la zana o il seggiolino per mungere sparsi negli appartamenti moderni; esse non appariranno come detriti più o meno maldestramente sottratti a un contesto in dissoluzione. No, perché dietro a queste case è sempre vivo quel contesto che è il più ricco e perenne in cui sia dato inserirsi e al quale esse di fatto continuano ad armonizzarsi, cioè quel paesaggio che acquistò in esse alcuni tra i suoi più validi "punti di evidenza" umani.

Nella misura in cui si salvi il "quasi" eterno oggi della natura con il suo pullulare di acque, manti di vegetazioni, alture e cieli sempre uguali nella loro perpetua cangianza, esisterà un significato dei vecchi insediamenti, delle antiche misure architettoniche e urbanistiche rimaste coinvolte nelle linee portanti di un paesaggio. Non sappiamo come si presenterà realmente domani la Nuova Babilonia,[8] né quale potrà essere il suo rapporto con la natura e con il passato; ma se un'amorosa razionalità saprà avere il sopravvento sulle cieche febbri attuali, anche il più tecnologizzato dei mondi dovrà proporsi un rapporto con la natura che trascende l'uomo se non altro per avergli dato origine: e sempre lo trascenderà – almeno – dall'alone onnipresente dei cieli con i vergini astri che vi campeggiano e che nessuna cupola di materiale plastico o di plexiglas potrà far dimenticare. Certo è tuttavia che, anche al di fuori di queste prospettive per ora abbastanza fantascientifiche, per lunghi anni ancora l'uomo potrà godere del dolce "brusìo di fondo" prodotto dalla vita naturale che ingloba i suoni della sua vita, potrà affidarsi alla luce dei "sacri" profili terrestri che conosciamo e quindi anche a quella dei nobili "gusci" delle civiltà passate che ormai ne fanno parte. E certamente si avvertiranno gli stimoli benefici che provengono da questo consolante magma di cui proprio le povere case agresti forse costituiscono la componente più importante. Forse si potrà cogliere il senso di una continuità ideale e civile, più che accostandosi casualmente ai grandi complessi architettonici del passato, usufruendo delle semplici dimore rustiche in cui gioirono e soffrirono gli avi, dopo averle rese idonee a "sopportare" l'oggi e il domani senza alterarne lo spirito.

Dalla terra feltrina che è insigne per varietà di bellezze in cui si compongono l'asprezza delle rocce e la blanda effusione collinare, e che dispone ancora di un largo patrimonio di queste abitazioni, era giusto che partisse l'invito a una fiduciosa fedeltà, a salvare e a mantenere all'attivo questo patrimonio, per continuare ad attingere beni spirituali e – auguriamolo – materiali.

(1967)

Colli Euganei

Esistono davvero certi luoghi, anzi, certe concrezioni o arcipelaghi di luoghi in cui, per quanto ci si addentri, e per quanto li si pensi e ripensi, o li si colga tutti insieme come in un plastico fissato da una prospettiva dall'alto, mai si riuscirebbe a precisarne una vera "mappa", a fissarvi itinerari. La voglia che tali luoghi insinuano è quella di introiettarli quasi fisicamente, tanto sono vibranti di vitalità intrecciate e dense. Essi esistono in tutto il mondo, e l'Italia ne è colma. Ciò che spinge a identificarli davvero è un amore esclusivo, "fatale", per la mai stanca violenza con cui sale dal fondo dei fondi e spinge come fuoco sotterraneo.

Ecco, questo si può dire particolarmente, con sfacciata e maliosa evidenza dei Colli (monti) Euganei. Anche un semplice pieghevole pubblicitario è più che sufficiente a far entrare in una fuga di piani visivi, di vicende della terra e degli esseri umani che vi stanno per scelta o per destino con i loro casali, paesi o castelli, a dare il senso di un "infinito" e di un "eterno" proprii. È una realtà che trascina in un gorgo di intrighi o apparizioni o conferme: a partire dalle vicine o incluse "astuzie" termiche di falde acquifere salutari, già cantate sin dai tempi antichi (Claudiano), e lasciando sullo sfondo Padova.

Muoversi, formicolare, stare negli Euganei e glissare di là in tutte le direzioni del cosmo, cogliere i possibili della tortuosità di una o di dieci stradine su dieci diversi orizzonti e assaggiare la sana festosità e la pacatezza dei tanti olivi e dei tanti olii sufficienti ad alimentare per sempre lucerne interiori e fluidità di fantasie. E presto ci si trova invischiati dolcemente e acremente in successivi paradisi, accordati col corpo geologico e coi 30-35 milioni di anni che gli inarcano le spalle, col gregge indisciplinato dei colli-monti che finiscono per modularsi in labirinto.

Dall'estremo sud del sistema subito chiamano i frantumi "radioattivi" del santuario-scriptorium estense sacro alla dea paleoveneta Reitia, raddrizzatrice del mondo, tessitrice, sanatrice, alla testa di un pantheon quasi tutto femminile. Reitia, chissà... Una fanciulla di estrema irrealtà ed eleganza che esce da un boschetto o una fruttante madre ruzantiana al lavoro nel cortile di una fattoria. Il tutto in frammenti e schegge, ma anche in situle (vasi) ben tornite, in monili di inquieto estro, e in rune forse lunari...

Immediatamente dopo, a nord si alzano sui colli Baone, e Calaone già corte dei marchesi d'Este dove nel XIII secolo si era acceso il primo e più importante cenacolo di poeti provenzali d'Italia, anche con rifugiati dalla persecuzione in patria. Spiccavano tra essi, come risultò dagli entusiasmanti studi di Gianfranco Folena, in un fitto quadro di rapporti fra Italia settentrionale e Provenza, le figure di Aimeric De Peguilhan, di Lambertino Buvalelli e del giovane Sordello. La duchessa Beatrice d'Este era stata, prima del ritiro monastico, il nobile «restaur» d'«Est», la donatrice di energia in quella esperienza, e aveva la gioia come guida.

L'immenso patrimonio lirico occitanico giustamente si assestava qui dopo le tappe sicula e toscana, per trovare nel Petrarca, e in Arquà, il culmine di un'intera tradizione e un incredibile inizio. Con la potenza gravitazionale di un astro massimo, Petrarca si presenta quale immagine dell'autonomia dell'atto poetico e dell'amore-veleno necessario a nutrirlo. Intorno a lui ruotano eventi e frotte di ammiratori e imitatori illustri, ma anche di letterati ammuffiti.

Ora, col suo *rosagiallo*, il sarcofago tante volte manomesso e restaurato campeggia nella piazzetta per i turisti, ma nell'inverno silente questa pare si dilati e dilati ancora entro il nulla; e profumato di brina e nulla è anche il sarcofago, che non per questo cesserà di essere smangiucchiato, come la testa bronzea del poeta che vi è sovrapposta mai cesserà di far da bersaglio alle sassate. E ci sarà ancora un resto di quel nido di calabroni che fu trovato nel secolo scorso tra le costole nude del Petrarca, nel corso di un'ispezione? Non fa pensare alle api di Aristeo, simbolo del puntiglioso rinascere della poesia? E non fa tenerezza, prima ancora che suscitare riverenza, la non enfatica dimora del poeta poco lontana?

Quell'aspetto romito e difficile che conservano i Colli, penetrabili solo a piedi per certi viottoli non asfaltati, dove è ancora possibile trovare il falco, certo si confaceva a Petrarca ed ai suoi cammini, in cui è giusto vedere l'assommarsi e il divaricarsi delle più varie esperienze intellettive e del sentimento, a ridosso di un "ultimo limite". E se ora si è posta qualche tregua, quasi a furor di popolo, al peggiore sfruttamento e smangiamento delle rocce, le pur sempre crude cicatrici qua e là troppo spesso affiorano: ma forse queste ferite entrerebbero assai funzionalmente nella poesia petrarchesca. E vien qui fatto di ricordare che Dino Buzzati nei suoi *Miracoli di Val Morel* parla dell'improvviso risveglio vulcanico che eruttò gatti rabbiosi, per la precisione 973, distrutti grazie a Santa Rita nel 1737; aggiornando, più tardi egli auspicava un'eruzione di pantere, invece istigata da Rita, per frenare i demolitori dei Colli. Qui ci si incontrerebbe con le grandi storie del folclore locale non meno ricco di verità e di fole che le fantasie letterarie e più corposo di esse.

Ma in questi ultimi tempi si comincia a stare in pensiero per un altro tipo di demolizione che sarebbe di fatto una decapitazione. E i poeti di queste parti, alcuni bravissimi come Marco,[9] sono in allarme. Sì, perché pare stia tremolando e svanendo nel mito Laura stessa, la signora degli amori di tutta Europa. Mentre ferrati studiosi tornano alla carica contro l'esistenza di Laura, le stelle fanno coincidere l'evento con il gran successo al Festival di Sanremo della canzone *Laura non c'è*, e Nek è il nome del cantautore che viene a sottolineare questa vera e propria *nex* (strage) pur senza volerlo: intanto i ragazzi d'Italia ci piangiucchiano sopra. E per Padova, dove serpeggia una bella petrarcomania, tanto che persino la squadra di rugby è intitolata a Petrarca, sarà un duro colpo. Ma, piano: qualche altra autorità filologica non meno competente dei negatori sosterrà le folle che non vogliono privarsi, né qui né per l'universo mondo, della "presenza reale" di Laura nella storia e nell'eucarestia poetica. La fortuna critica di Petrarca, comunque, vive più che mai, tanto che anche Paul Celan, uno dei massimi poeti del nostro tempo, di lingua tedesca, ebbe a dire che «Petrarca è di nuovo in vista». E provenendo da un tale impervio e torturato osservatorio è questa un'asserzione che chiama a rimeditare il senso stesso che può avere oggi la poesia. Se fu numerosa la schiera dei grandi che passarono di qui, per rinsanguarsi nella fede loro, da Alfieri a Shelley a Byron, occupa, si sa, un suo forte spazio Ugo Foscolo: che si lancia di corsa attraverso i Colli scavalcando siepi e crinali, portandosi in tasca il libro delle rime sparse, o che sale «alla sacra casa di quel sommo italiano». Con l'amata e negata Teresa là "si prostra" Jacopo il suicida protagonista dell'*Ortis*, in cui parzialmente si cela l'autore stesso. Ma di fatto i cari Colli, o corrispondendo o incantando, medicarono a Ugo le sue tristezze erotico-politiche. E chissà a quanti altri.

Un giorno di grigia primavera ci si aggirava in auto lentamente entro la ressa delle figure tutte, pur se vagamente coniche, tondeggianti, quando a una svolta ci si pararono davanti tre coni geometricamente perfetti, protesi, impeccabilmente appuntiti, di un colore lavico-cinereo da lasciarci di sale. Apparivano, "erano", quei coni, sicuri di una loro nobiltà garantita dai milioni di anni, noncuranti eppure alquanto subdoli, da figli dell'impossibile. «Ecco la Trimurti Euganea!». In Marco e in me si era annunciata simultaneamente questa folgorata, secca sorgente del divino, presente da sempre eppure solo in quel momento manifesta.

Rimasti a lungo in contemplazione e vorrei dire in preghiera, decidemmo di ritornare con più calma e prestissimo sul luogo. Buttai giù uno schizzo approssimativo che rincorreva invano l'esattezza ripida e severa, la superbia sottile e capricciosa di quelle entità. Ritornammo tante volte e non le reincontrammo mai più. Pareva che... ma no... si affacciavano somiglianze parziali, graffi di delusioni. Non restava che sperare in un altro tic degli dèi. In realtà questi sono fenomeni che si formano continuamente in qualunque sito, specie tra i monti: vi interferiscono di continuo ore, luci, stagioni, minuzie che ci fanno desolatamente sentire come nulla vi sia di stabile, come tutto cambi anche se immoto, perché tutto è proiettato all'irraggiungibile in-sé. E così avviene a maggior ragione per l'animo umano, i volti umani anche più amati; tutti sono i soliti uno-nessuno-centomila, tutto era e sarà paesaggi diffratti e ricomposti a colpi d'ala o soffi più o meno ludici, più o meno carezzevoli o maligni. E Yves Bonnefoy torna a dirci che «i luoghi, come gli dèi, sono i nostri sogni». Tra i punti emergenti famosi sui Colli come il giardino con la grande villa e il labirinto di Valsanzibio, il castello del Cataio o l'abbazia di Praglia, notissima per gli studi e le attività, tanti sono gli snodi o i nodi quasi gordiani creati dalle movenze collinari o dai costoni dirotti o anche da sistemazioni di varia specie urbanistica che sbucano dovunque.

Ma – come al polo opposto di questo spazio e tempo – vale soffermarsi sul balcone di Teòlo, in un'anticipazione di chissà quale avvenire di apparecchi sempre più ossessionanti nel creare precisioni di pixel o aperture di compassi onnidirezionali sull'infinito. Nel Centro sperimentale idrologico e meteorologico regionale si registra, si prevede ogni moto atmosferico entro titillanti fulgori e cromatismi di computer e vien reso il continuo fremere dei cieli, raccolto simultaneamente in tutta la regione da centinaia di stazioni di rilevamento, situate nei punti più vari, stazioni la cui sensibilità resta talvolta annullata magari da un sacchetto di plastica lasciato da qualche agricoltore sugli "occhi dell'apparecchio". E là gli studiosi, ciascuno adibito a particolari competenze, pronosticano, in parcellizzazione millimetrica e precisione di minuti e secondi, disastro o sereno, qua o là, in modo che nel caso si possano disporre i migliori accorgimenti di prevenzione in tempo giusto. A che ora esatta lo spettacolo dell'Arena deve partire o essere interrotto, o ripreso senza danni? Quelli di Teòlo lo sanno dire...

Ecco, è notte. Il valente giovane scrittore Giulio[10] gode la discesa in bicicletta dalle alture verso Padova, il cui cielo comincia a sfolgorare per uno spettacolo pirotecnico. Forse egli torna dalla popolare «Sagra delle giuggiole» di Arquà... Giulio scivola in giù contento, sostenuto dal suo sano fraseggiare, dal suo buon italiano, può buttarsi avanti quasi nel vuoto. "Sente" forse che tutto potrebbe resistere se resiste la fede nella lingua?

(1997)

Venezia, forse

Solo un lungo esercizio di spostamenti, eradicazioni, rotture di ogni accertata prospettiva e abitudine potrebbe forse portarci nelle vicinanze di questi luoghi. Forse, per capirne qualcosa, bisognerebbe arrivarci come in altri tempi con mezzi di altri tempi, per paludi, canali, erbe, glissando con barche necessariamente furtive, dopo esser passati attraverso la scoperta di uno spazio dove tutte le distinzioni son messe in dubbio e insieme convivono in uno stupefacente caos, rispecchiate e negate a vicenda le une dalle altre. Bisognerebbe, per capirci qualcosa, arrivare a vedere cupole case capanne emerse dal niente dopo che si sia sprofondati con le gambe in sabbie mobili intrise di cielo, in zolle di succhiante forza vegetale, o dopo corse all'impazzata stroncate da una caduta in avanti nell'infinito, quasi come avvenne al Carlino di Ippolito Nievo. Solo con lo spirito di Carlino, camminando o nuotando o arrancando mezzo sommersi, da Portogruaro in giù, ci si preparerebbe abbastanza per sfiorare, toccare quell'impensata germinazione di realtà attonite, protese, morse dall'irreale.

Si staccano a volte dalle rive marine pezzi di terra con erbe folte, che si trasformano in piccole isole galleggianti. A qualcuno capitò, talvolta, di trovarsi portato al largo dopo essersi addormentato su una riva che si presentava stabile, di trovarsi in movimento pur se sdraiato tra canne ed erbe. E su una zattera di questo genere, più remota e mitica che quella usata da Ulisse, si potrebbe rischiare di approssimarsi alla città. Perché ogni pensiero che le si riferisca va appunto collocato "altrove": come per una necessaria rincorsa, in un primo momento. Poi sarà possibile un provvisorio ancoraggio al tempo odierno. Sarà un ancoraggio comunque dubbio, ma pure subdolamente vero, di una verità insaporita, linfata da allucinogeni che sparano la nostra intimità psichica in mille divergenze, eppure sempre radicata per mille gesti terreni-acquatici in un'aspra e instancabile quotidianità, intesa a una lotta, a un gioco in cui la sopravvivenza può essere ottenuta soltanto scalfendo la realtà, momento per momento, con la più feroce e abbagliata fantasia.

Oppure, per avvicinarsi ancora di più al precario/eterno che circola in questi paraggi, bisognerebbe prima che con terre ed acque aver contatto con le sotterranee rocce e con il sepolto magma di fuoco che le regge sul suo dorso. Si è sull'angolo di mare Mediterraneo e Adriatico che si sfibra e diventa sempre meno profondo, da queste parti, e che mostra la sua natura di povera pozza ormai addensita di liquami, dove la madreperla più pura si fonde con le iridi equivoche delle deiezioni industriali. Quell'angolo di mare abbastanza quieto e spazzato da venti non terribili (al massimo irritanti con dolce/fredda molestia o spossanti per caldi languori dilagati dal sud) bisogna pensarlo, insieme con una breve porzione di terra che lo circonda, sospeso proprio sull'orlo della grande faglia periadriatica, che spacca là nei dintorni la crosta terrestre. E questa, formata da immense "zolle" che si investono tra loro lungo i milioni di anni, è qui frantumata più che altrove; si è al limite di una ridotta zolla che fa spesso sentire la sua inquietudine e fa oscuramente tremare la cerchia di monti e di colli che sta, poco lontana, sugli sfondi della città. Anche alla città arriva il tremore: ma siccome essa stessa è irrequietezza ed elastica instabilità sopra fanghi e depositi alluvionali non ne ha mai un totale pericolo. Avvicinarsi dunque dal basso della sotterraneità più cancellata, più contrapposta, più rimossa, eppure presente in qualche forma, e "sentire" la coppa che contiene il tenue mare con la sua città sull'orlo elaborato: anche questo può essere uno dei modi meno dirottanti per un approccio tra i molti possibili, ma che sempre rinviano l'uno all'altro come le ondicelle della riva o come il moto sordo e preciso delle maree. Comprensioni labili che possono per un momento stagnare e trattenerci in sé, verissime in quell'istante, ma destinate a essere superate immediatamente, e magari poi ripescate come tirando un filo. O, ancora, la città potrebbe anche lei essere una delle zattere di limo erboso: che ha viaggiato a lungo e ha raccolto echi di molti Orienti e Occidenti, di molte Atlantidi o Pangee scomparse, miraggi riferibili ai più diversi paesi e non-paesi, una zattera che si è poi assestata, ma sempre con ormeggi di ragnatela radiosa, in questo punto della costa, e che ne è stata mollemente imprigionata, ma tra molti varchi, finestre, aperture.

La diversità, l'"oriente" di Venezia, è dunque stato ogni Bisanzio, ogni Persia, ogni Arabia Felix, ogni Cina, ha ritrovato gli itinerari nordici di San Brandano e quelli di Gordon Pym all'estremo sud del mondo, ha riassunto ogni giro e raggiro dell'imprevedibile. E la città intera, nel suo crescere e mutare lungo i tempi, nel suo restare, in qualche modo, "fuori tempo massimo" eppure sempre in gara, ha conservato i tempi a lei avvinghiati, anzi implicati a intarsio: pregio e tarlo, bava luminosa e scoria, puzzo sempre virato in profumo: come un punto di assurdo dentro l'oggi. Un'assurdità tenue, non-violenta, opposta in modo ambiguo alla "vita che irrompe", eppure capace di spaccare a cuneo l'altra assurdità, monotona e plumbea, dal peso irreversibilmente negativo, che sembra connotare la realtà attuale.

Sembra allora che Venezia (ma per "chiamarla" occorrono anche i tanti altri nomi che ha nelle tante lingue e soprattutto nella sua, locale) sia nata al di là e prima di qualunque storia o classificazione antropologica e sociologica, che le sue nascite si siano verificate a miriadi entro un tempo "telescopico", da canocchiale rovesciato. Ma esiste un punto. Vi sono uccelli che più di altri hanno l'arte dello sbecchettare, scegliendoli ovunque, fuscelli adatti a costruire nidi paradisiaci per attirarvi l'amata, veri screziati labirinti e abitacoli. E si vorrebbe riferire quest'arte ai gabbiani, al loro andirivieni che certo sta componendo significati, e che va ben al di là degli istinti e dei bisogni: cosicché tutte le distese liquide ne restano tramate e completate, come da un'opera di cucitura frenetica che le unisce al cielo, o da irradiamenti di voli che poi si spengono in una specie di pioggia di baci offerti dagli uccelli all'acqua, per infine cullarvisi. Si vorrebbe sorprendere un gabbiano con un fuscello in bocca, un gabbiano che immerge questo fuscello nei fondali: la prima immagine che si può notare di questo insediamento è una serie di fuscelli alquanto sbilenchi che puntano su dall'orizzontalità. È l'esile indizio di qualcosa che contraddice una linea di riposo o di allontanamento, è l'insistenza minima in un'opposizione, un'insistenza che sembra non molto convinta, tra scherzosa e necessitata, in bilico tra i procedimenti delle piccolezze vegetali-animali e il progetto umano. Poi appaiono, a gruppi, simili elementi, dovunque: nuclei dispersi di palafitte visibili, all'inizio; palafitte che dopo verranno nascoste a far da base e da trono alla pienezza del monumento, eppure sensibili attraverso la sua struttura. Echeggia dovunque il tema del palo, o se si vuole dello stelo, misura e appoggio, sicuro pur nella sua ingenua e talvolta persino goffa esilità, e sempre indicatore di un movimento di triangolazione. Sono come sentinelle care agli uomini e familiari a venti e a onde, punti per una gamma di rotte da scegliere, frecce non imperiose nelle quali resterà per sempre indeterminata la direzionalità, ma in ogni caso riferimenti che non tradiscono. Bricole a mazzetti, pali a segnare fondali insidiosi, allineamenti e serpi di pali a definire «stradele in mezo al mar»: e tra di essi ci sarà sempre, assorto in uno stupore che sembra e non è fermo, un «piccolo naviglio» come quello della canzone di una volta: più importante dello stesso bucintoro. Dal fuscello al trinato «palagio» (renitente sempre a farsi solido «palazzo» del dominio) e dalla barchetta alla galea traboccante di ori e manovre d'arte, carica di aurei anelli per sposalizi marini. Meraviglia di una potenza che trova il suo punto d'onore nell'essere soprattutto potenza di meraviglia artistica.

A mano a mano che da questa fascia esterna ci si trova sospinti entro "il fatto" della città, subentrano i maggiori pericoli. In primo luogo tale è la congestione di ciò che merita le attenzioni più differenziate ed estreme, da attizzare una febbrilità, una fibrillazione dei moti di tutti i sensi, e poi da far andare in tilt qualunque velleità e qualunque passione del riferire, del chiamare in causa, dell'indicare per ottenere una partecipazione. Inoltre da troppo tempo ci si sente quasi comandati ad entrare in una cartolina, in un lotto di soprammobili, nel kitsch più bovinamente collaudato. È il momento in cui solo aggrappandosi ad un rifiuto e quasi a un odio, e in ogni caso stando almeno a traballare su un forse, passerella quanto mai veneziana, si può continuare a tirar fuori parole. Il mozzafiato del miracolo programmato per i turisti di tutte le generazioni è il moscio ectoplasma con cui bisogna subito mettersi in lotta: purtroppo con una certa probabilità di perdere. Del resto, passare indenni attraverso le stratificazioni di un'ammirazione tanto naturale da diventare obbligatoria e perfino automatica non è possibile, e, infine, non è neppur giusto. Ma esiste, in tali condizioni, il rischio di una perdita di identità per chi voglia entrare in Venezia: i significati che vi si sono raccolti e i segni e i detti che sono serviti a questa operazione di lettura ricopiatura e scelta, l'intrecciarsi e infittirsi dei mille timbri soggettivi che in Venezia si sono ritrovati e appagati, rendono difficilissimo conservare un rapporto con l'autenticità per ciascuno che si prepari a sua volta ad un'analoga operazione. Si è circondati dai narcisismi di singoli, e spesso grandi, uomini, irriducibili come fiamme di fosforo, e dai narcisismi opachi di gruppi e folle: come potrà un io "qualunque", un io minimo, senza pretese, ritrovare quella *sola* pietra di Venezia, quel solo lampo di Venezia che valga a fargliela individuare come sua, conducendolo insieme a un'autoconoscenza? Perché, con dolcissima e quasi scivolosa persuasione, attraverso catene di choc realizzati per somma dei più disparati elementi, e insieme per catene di sottrazioni, dubbi, mutismi, "indecidibilità", è potere di Venezia portare ogni singolo ad un momento massimo della propria storia interiore e di un'altra "storia", portare ognuno, con agio e mancamento insieme, ad un riscontro della propria insostituibilità, della necessità "anche" di questi suoi occhi, fatti di niente, per guardarla. Venezia non è mai sazia di sguardi, tremola di desiderio di sguardi che si incrocino da tutte le dimensioni. Moltitudine di sguardi che le vengono incontro e l'attraversano; occhi come ha saputo identificarli Guidi.[11] Non-occhi per sovrabbondanza di vista, polverio di aureo-liquido nulla guardante e guardato.

Bisognerà allora che ciascuno, anche se si è intruppato nelle "turbe di solitari" o se è stato ciclato nella macchina turistica, nello sciame di voyeur volanti, nella fungaia di eccentrici istituzionalizzati, di "geni" in cerca di ispirazione, o peggio ancora se si sentirà tallonato da manipoli di citazioni poetiche e no, o comunque da schiere di veri geni che aprono di sicuro a una vista, ma che altrettanto sicuramente chiudono su un'altra, faccia piazza pulita per qualche attimo anche di questi compagni giustamente chiamati eterni: raschi via tutti i Grandi e le loro parole: per ritornare con essi, ma dopo, in seconda istanza e perlustrazione. Tacerla al massimo, Venezia, per entrarvi. Il tacere originario si ramifica di vuoto in vuoto, e poi si smonta in brusii entro quel corpo labile, che continua ad essere ganglio, gemmazione di gangli elettricamente reattivi, quasi come una medusa o un polipo, frutto di tutte le sensibilità del mare. Tale esso è ancora, da quando era al centro di un contesto sociale totalizzante, da quando ne era il cervello-computer, raccolto come entro il cesellato cranio di un impossibile animale, aggiustato come un puzzle che solo provvisoriamente si fosse potuto riconoscere in "questa" figura, vibrante di ogni potenzialità.

Dal palazzo ducale che aspira a non far dimenticare la palafitta, a tutte le altre fioriture di colonne e lesene, scandite eppure tremule, che ricordano i molti milioni di pali sepolti (per cui anche le gran strutture che s'intravedono dentro l'acqua si possono dire piuttosto rivelate che ripetute) la richiesta della pausa, del non detto, dello scomparso, del tagliato-via, cresce da tutta la foresta edilizia cittadina. E quando ciascuno si sarà lavato dalla colpa del sentirsi in uno dei centri mondiali dell'alienazione turistica, e si sarà tirato fuori dalla catena di montaggio ammirativa che deposita su tutto detriti ben più corrosivi che gli «schiti» dei colombi o lo smog di Marghera, riconosca ognuno il proprio totem, trovi il proprio vuoto-pieno, urti il proprio mattone, o pietra, o spigolo, vi batta la testa, ne sanguini, se ne risollevi rianimato dallo scontro con una forza prima. Tutte le pagine, e a maggior ragione queste, saranno state abbandonate e relegate nel loro essere sorde, stolte, inutili, turistiche.

L'entrata in un mondo d'incroci, si diceva, e in un mondo di nodi (immaginare tutti i nodi della marineria e della topologia). La *mise en abîme* di una Venezia teatro e quadro, gremita di quadri che la ritraggono, all'infinito, o divaricata in innumerevoli storie geografie scene umane che però rientrano, tramite quei nodi, in se stesse.

Difficile camminare, spostarsi, quando una profferta di scenografia è tanto vergine quanto sfacciata, tanto giustificata a tutti i livelli quanto, all'occhio di oggi, stipata come un cofano in cui si raffigura una variante, particolarmente sottile nei suoi deliri, del differenziatissimo universo aristocratico. Vince questa verginità, questo metafisico scialacquo così ben effettuato. Gli esterni sono sempre tenuti sotto sferza come dalla mano di un artista supremo capace di riassumere i voleri e i poteri affascinanti e serpentini delle legioni di umilissimi "grandi artisti" che hanno creato la città soltanto col loro vivere, operare, pensare giorno per giorno lungo i secoli, in corale unità con i grandi artisti che hanno inventato i monumenti e tutta la sovrabbondanza che vi è custodita. E dagli esterni si esercita una forza di invito che viene accettata con quiete e libertà, appagando una larga, marina sete; mentre dagli interni, dove appunto "esistono" e donde "minacciano" miriadi di capolavori della pittura, della scultura, di ogni arte (come mondi che sono propri ed esclusivi/inclusivi anche nel moltiplicare Venezia per Venezia) pare che si eserciti quasi una forza di sopraffazione o di artificio, reti e reti, ami e ami. Questa forza attira dentro le penombre di immensi e cunicolati ventri di balena a partecipare al gran moto della città-Giona: ori marmi figure gesti che vi stanno prigionieri, ma che poi non lo sono, perché emanano a loro volta uno spazio.

Venezia ha inoltre a che fare sempre con l'astuzia, detta o non detta, dell'artificio tecnico. Per questo sembra predisposta al cinema, al peggior cinema di cassetta come a quello più violento nello sperimentare. Per molti aspetti ha da sempre atteso, come "sua", la pellicola. E non tanto perché a Venezia esiste più che in qualsiasi altro luogo una vera e propria "circolazione onirica", indotta entro lo spessore della sua consistenza, così come la squisita radicolarità dei canali e dei rii porta insistenti o improvvisi colpi di luce o scotomi dentro le stanze; né perché la sintassi dell'andirivieni che la città concede a chi vi si aggira sembra la più discontinua e sorprendente; o perché il suo stare/muoversi dà (come entro gli "occhi del gatto" di infinite macchine da presa sempre in azione) lo spaesamento nella più vagabonda incontentabilità, lo sfracellarsi in scintillii dello stesso io che coglie il proprio e l'altrui vivere. Venezia consiste soprattutto di superfici in confronto stratigrafico, è pellicola su pellicola: sembianza, metafora del desiderio stesso nel suo autosfuggirsi. Così, per arrivare, girando all'opposto del "senso comune", ad una certa Venezia profonda, Fellini ha dovuto falsificarla al massimo, ricostruirla in studio, bloccarla e oggettualizzarla in polistirolo e plastica, sottoponendo lo stesso materiale plastico, il più amorfo e ostile, di cui ogni pellicola è fatta, ad automassacrarsi. Intorno, stanno le macerie stroboscopiche delle più varie Venezie in "rosso" o in "blu" shocking, o cianfrusaglie di Venezie "in cappa e spada", o altre Venezie occupate a recitare la loro parte funebre o, al contrario, stecchite nel documentarismo presunto "realistico".

Altrettanto spacca all'improvviso la necessità di dare il via al vero teatro, di mettersi a braccetto con Goldoni, di attribuirsi qui una parte cui presieda Talia, con i suoi balli di ritmi e di detti. In realtà oggi resta una parte che, fuori ormai dalla vera commedia (da gran tempo scomparsa dal mondo), ne accetta qualche eco, qualche aspetto minore, qualche versione per profani. Come negli ultimi anni si è assai ridotto e smollacciato il sapore del dialetto, quasi in una versione preparata apposta per non-veneziani. Sta sprofondando in se stesso, come si dice avvenga della città? Già nel secolo scorso questo dialetto a qualcuno era suonato come paludoso, "inzuppato". E in parte lo era: ma quella certa mollezza del dire era rimasta ancora in equilibrio ondulante, come lo specchio della laguna di altri tempi, quando la ristoravano selvatici e sani i fiumi, tenuti a bada in geometriche e sapienti strategie dai magistrati alle acque. Dorato di compensazioni interne e di facilità, quel dialetto poteva prestarsi tanto all'uso del più sfavillante dei cicalecci quanto all'eloquio più nobilmente e saggiamente composto (ma con un po' di understatement, segno sempre di intelligenza, di sale a manciate). Oggi, anche per il progressivo deficit della «elle», divenuta sempre più evanescente, fino a scomparire, la parlata può aver l'aria del troppo cantato/sfaticato, sembrare un po' stanca di se stessa, impelagata e stagnante. Eppure continua, specie in certi sestieri, a funzionare e anche ad arricchirsi. Del resto essa è soggetta, come tutti gli altri dialetti, alla stessa forza universale di erosione che oggi in parte colpisce anche le grandi lingue.

Per chi passa nella città, lasciarsi sciogliere nelle armonie un po' sfatte del veneziano com'è ora è pur cogliere vita. Anche se forse non è così impetuosa e saliente come quella dei vermi che talvolta invadono la laguna, i canali. E, dopo tutto, anche questi misteriosi vermi sono una manifestazione di qualcosa di attinente alla vita, anche se nel raccapriccio. Non sembri questo un insulto a chi nella città vive e opera, e ha davanti tutti i problemi, immensi, del far quadrare certe esigenze fondamentali dei ritmi di oggi e della produzione con qualche cosa di troppo passato – da conservare – o di troppo futuro – da reinventare –. Bisognerà ancora che falliscano, su Venezia, chissà quanti urbanisti e sociologi, che vengano messi al tappeto moltissimi ingegni: essa è là, con la sua negazione favolosa e detritica, intimativa e innocente, folle e "meditata", ma che sembra fatta apposta per stimolare ad un superamento, costringendo alle prove più alte.

Ci sono dunque una società e un'economia col morso giornaliero dei loro problemi e interessi di rado convergenti, e con molte forme di buona e mala fede in contrasto tra loro nel farsi carico di questi problemi, finora con mediocri o nulli risultati. Inutile inoltrarsi: basterà solo ricordare che a Venezia anche il sociale e l'economico vengono immediatamente proiettati in altre catene di sensi: e perfino una gigantesca gaffe economico-architettonica come i mulini Stucky può d'un tratto trasformarsi in un ammicco, in un allucinatorio diverticolo che porta, buffamente, a "mondi paralleli".

Un'augurata e probabile, una qualsiasi ripresa di Venezia nell'ambito italiano, europeo, internazionale, avverrà soltanto se potrà situarsi, in una società veramente rinnovata, più in là dei progetti finora congetturabili. Ed è giusto che si riconosca una specie di assoluta, cosmica extraterritorialità a Venezia. L'internazionalismo, che l'ha cullata e quasi addormentata in un certo ruolo, continui comunque a gravitarle, alquanto affannato, intorno: con un certo senso di colpa, ma in primo luogo col riconoscimento del fatto che tutti i popoli devono qualcosa a questo fantasma puro, dell'intersezione, dell'intercolloquio di genti tempi e spazi, entrato nella realtà storica molto più per il prestigio dell'intelligenza, della cultura, della saggezza, che per il furore dell'aggressione. In ogni caso converrà ancora confidare nel brulichio dei piccoli atti, che furono prima di pescatori, poi di mercanti, poi di "gran signori" e di popolo in contrasto/simbiosi, un popolo complice e smaliziato critico di un'aristocrazia per altro irriducibile agli schemi cui questo termine richiama, e sempre dotata di un punto di nonconformistica pazzia. Anche oggi i piccoli gesti, nonostante tutto, somigliano un po' a quelli di ieri: la gente, il popolo, la sua creatività sono duri ad andarsene, sono, ancora oggi, in attesa, sempre più cosciente, di un "via" per l'azione, sono un'orchestra o una compagnia di attori che ha molti vuoti ma che sarebbe sempre in grado di stupirci con un *impromptu*. Bisogna dunque dare confidenza anche ai colori delle bancarelle e botteghe, degli erbaggi freschi, da mangiare, e dei frutti-fiori; incontrare un sorriso o uno smarrimento, una rievocazione tra appassionata e ironica di sfolgoranti riti di età andate, di leggendari, persi carnevali, puntigliosi a rigiocarsi anche se sono semisommersi dall'acqua alta; cogliere maschere umane che pretendono di essere ascoltate con la stessa eterna domanda con la quale un riverbero o uno spigolo o un arco di ponte o una strettoia segreta di rio dichiarano la loro presenza.

Uomini e cose si ritrovano comunque riuniti nel chiedere aiuto contro i vicini forni del cloro e del fosgene, contro la magia nera che concima di morte tutta la terra. Ben altro mito che quello ormai tradizionale della «morte a Venezia», sempre umanamente "accettabile" con tutto il suo sovrappiù di paccottiglia, è quello che incombe da Marghera e da tutto il seno della terraferma, i cui orizzonti sono tarlati dalle incastellazioni e dalle torri infernali dell'"industria". E ben altri presagi di morte, anche rispetto a quelli della più compiaciuta fantasia decadentistica, sono quelli in cui si consumano realmente i corpi di coloro che sostengono sulle loro spalle il peso della produzione, minotauro di superfluo e necessario ormai maledettamente indistinguibili, quale è imposta nel nostro tempo.

In fondo, quel consolidato impegno di Venezia a far la parte di preludio e di vestibolo degli Inferi è ancora tollerabile perché a Venezia in realtà si traccia il segno di una "morte continua" ("mirabile"), per rintuzzare continuamente gli stratagemmi della morte. Sì, anche se si volesse considerare Venezia quale mummia, vampiro che toglie il sangue a ciò che le sta intorno, anche calcolandola come un'enclave del regno dei morti affiorata nell'al-di-qua, subito si avvertirebbe che la forza compulsiva della sua richiesta di sangue, il suo voler conservare a ogni costo una viva, rosata facies, un fragrante alito, capovolgono in questo caso l'idea negativa che si ha del vampirismo. Venezia sembra autorizzare allora ogni trasfusione, furto, suzione di sangue per trasferirlo a rivitalizzare un passato di per sé remoto: perché troppo ha ancora da dire questo passato, strati e concrezioni, guizzanti organismi e spore sepolte, grumi di futuribile inclusi nello ieri e che il tempo ha attraversato senza sconvolgerli, anche se tutti i tessuti e le condizioni storiche in cui questi nuclei avevano preso forma sono scomparsi. Vale dunque la pena di lasciarsi ferire dai fini, risveglianti, ostinati denti di questa Berenice splendidissima, e di cederle attenzione, allarme, pulsazione rapida e forte: di offrirle insomma qualcosa di meglio che l'ammirazione.

Così, anche quelle sagome industriali che si possono trovare qua e là per il globo dovunque (e che talvolta non mancano di una loro imperscrutabile, beffarda armonia), qui, in presenza di Venezia, finiscono esse pure col venire decontestuate, vengono sospinte in un'altra lettura. La linea della più sconvolgente accoppiata in stridore che esiste al mondo, Venezia legata insieme a Mestre-Marghera (qual è il vivente, qual è il cadavere?), di colpo sfida a una sutura di recupero attraverso l'oscenità del reale e del presente; sfida, come si diceva, a "saltare più in là", verso il non ancora realizzato, verso un mai-visto in cui persino il male venga bloccato, svuotato del suo potere e riabilitato come segno, traccia, forma.

Operare il superamento delle contraddizioni pur lasciandole visibili è stata una delle linee di destino più imparagonabili che abbia avuto Venezia, almeno fino alle soglie del nostro tempo. Così, in essa la più capillare precisione e matematicità ritorna filtrata, dispersa e ripresa per strati alieni costituiti da molle torpore di selve algose e da un "terreno vago" di cupi carboni azzurri; torna ossessivo il confronto tra ciò che è quasi viziosamente minuto, inciso, lavorato e ciò che è quasi viziosamente informe, incoercibile a struttura, libero di non decidersi mai. È tutto un tagliare e ritagliarsi e suturarsi, di spazio in spazio, verso lo spazio ottimo e massimo cui vogliono assestarsi gli esterni, e verso quello denso e "rovescio" in cui allignano gli interni. La presenza del vetro, che nella laguna ha trovato una delle sue sedi più inventive, va e viene, duttile e scattante in lame, sinuosa in oggettionde, spezzata in cascate di frantumi che subito si ristabilizzano attraverso le zone caleidoscopiche dei mosaici. E questi mandano segnali dai più riposti punti, quasi seguendo l'andatura di tutte quelle musiche, create per i più diversi strumenti, di cui Venezia è stata sede ispiratrice, diapason e svolgimento attraverso i secoli, fino alla più coraggiosa attualità.

Venezia si può anche pescare, almeno per qualche suo atomo, investendo frontalmente e dall'interno del mestiere fotografico il "pieghevole con palagi e gondole". Trattarla a zampate, a scorticamenti, a mazzate che scompongono e ricompongono, a baci pietrificanti, a denudamenti di particolari, grazie al flash fotografico. Una serie di clic clic, e poi diapositive, da far scorrere più o meno veloci come i fogli di un libro. Il fotografo percorre i propri itinerari senza mostrarcene il filo, interdicendo molto, portandoci di colpo, e fuori, in un De Chirico e in un Magritte, o respingendoci all'indietro nei paraggi di una deriva di tradizione. Il fotografo s'insinua tra di noi, sottile faina, volatile da richiamo, fantasma che si annuncia solo per far spalancare, tra due colpi di ciglio, un'allusione. Egli ferma e lascia subito la presa. Restano i fogli coloratissimi dell'album: ed esso, prima quasi inceppato nella copertina in una figura iniziale "astuta", vero asso che copre il mazzo delle più fatate carte, scatta così che ne sfilino velocissimi i fogli, arcuandosi sotto la mano, facendo scoppiettare i colori. Allora tutto si conclude bene lasciando nella memoria una Venezia fatta di perline veneziane, del loro brillio, e nulla più. Meglio ancora se l'album cadrà tra le mani di bambini, capaci di manipolarlo fino a ridurlo, ultima essenza, a un mosaico e brillio di brandelli.

Non dall'aeroplano, sempre goffo, nel suo baccano ruggente e nel suo superconsumo di energie, ma dall'alto di una rasserenante, bonaria mongolfiera, che contemporaneamente fosse presa in enigmatici e rapidissimi vortici da satellite artificiale, converrebbe poi salutare Venezia, i suoi dintorni e gli estuari, in cerchi di orizzonti sempre più larghi. Il misterioso, trafiggente e trafitto scarabeo della città brilla nel mezzo della laguna, nutrito e insieme come sacrificato dentro di essa. Affiorano spunti di barche, ancora soffiate via per canali appena individuabili, indizi di caccia e di pesca pazienti nello stesso modo e nello stesso modo attonite e senza prede se non di incanti: siano meandri di corsi d'acqua, o rettilinee defilature di argini, o i coltivi improbabili del mare, o il taglio al diamante di certe isolette, o la divinazione di topografie scomparse che solo il trascolorare delle erbe dentro l'ortogonalità dei tracciati fa entrare appena nell'angolo più incerto della vista. Da sempre più in alto e insieme da vicino si ritorna all'intenso e delicato abbraccio terra-acqua nelle sue centomila figurazioni, all'innesto difficile delle acque dolci nelle salsedini, o anche di ciò che è morbido e salutifero in ciò che, a poca distanza, è ammorbato e chimicizzato. Vivono le grandi barene, dorsi di entità che si lasciano scoprire e ricoprire secondo impalpabili, grandi leggi, appaiono stellate macchie, uccelli, antenne vibratili come di formiche all'incontrarsi.

No, la vicenda umana qui non è terminata, non terminerà: in questo che è un "luogo" come possibilità, campo, idea stessa in cui la vita può riconoscersi. Pus e petroli, fosgene e vermi, questioni di trasporti, beni, servizi, conflitti di competenze, incompetenze e velleità sono certo dei fatti. Ma si ha la sensazione che i problemi verranno in qualche modo risolti, nel nome e per volontà di tutti, di tutto il mondo che vuole stare con Venezia. Il come non lo sappiamo. Ma da qui è giusto prospettarsi ogni incontro, si può sempre toccare, anche a tentoni, con la mano qualche ipotesi: un muro, un anello di ferro, un supporto ligneo; si può avvertire un alito: di vento, di alga, di bocca umana, che supera l'afrore di qualunque tipo di marciume. Sentiamo la mano arroventarsi dolcemente in tali incontri, ci sentiamo schiaffeggiati lievemente in faccia dalla forza di colpi di ali che nessun catrame riuscirà a impacciare. Entriamo, come in ciò che è perpetuamente mobilitato, insofferente, rivolto in avanti, e ci accorgiamo, pur se quello che ci sta negli occhi sembra un sole calante, di essere stati fatti produttivamente ciechi da quell'eccesso luminoso di vita che Venezia, non

assalendo, ma anzi sottraendosi nei suoi «forse»
più carezzevolmente fluidi è stata e continua ad
essere.

(1977)

Lagune

Hermann Hesse con il suo modo di avvicinarsi a Venezia, circuendola dalla Laguna in una serie di approcci differenziati nel tempo, ma sempre ritornanti come veri «circoli nel capire», ha scelto quasi un continuo differimento della Città con il suo essere scrigno folgorante e ultimativo di arte umana. E ciò prova, se ce ne fosse bisogno, quanto questo autore così singolare, così "improbabile", quasi assente (al di là delle sue posizioni teoriche, e delle sue derive verso un buddhismo più o meno individuabile) avesse già allora centrato forse l'unico modo possibile per un approccio autentico alla Città, che per avere senso può venire soltanto "dal basso".

Il partire di Hesse dalla partecipazione raso-terra alla vita della natura e di quel popolo che resta più vicino alla natura è veramente consono a un contatto preliminare con l'idea stessa che fonda Venezia.

È l'idea di Laguna, di quella Laguna che quasi sgomenta, non si dica nell'avvicinarlesi, ma anche solo nello sfiorarla da lontano e pensarla come avvenne a me, sulla base di remoti ricordi, d'infinite sensazioni che ho potuto riverificare in tempi recenti e che conservano una loro forza di assolutezza, d'insuperata quanto insinuante perentorietà. In seguito ognuno, nel constatare il sovraccarico geologico e poi storico saldati inestricabilmente insieme in questi luoghi, arriva ad una meditazione in cui tutto diventa oscillante e misterioso, ad una sensazione per cui ci si sente entrare attraverso la Laguna veramente in un *trip*.

Acque che si rialzano e si ritirano, litorali che furono, apparvero e disparvero, memorie che guidano verso i tempi primordiali (ma che senso ha ormai per noi chiamarli tempi?): ci si riporta a quando larga parte dell'Adriatico non esisteva e correvano i fiumi di un "inconscio geologico" ricchissimo, impensabile ora. E riaffiora subito un «Adriatico» ridotto a metà, con il delta di quello che fu chiamato convenzionalmente Paleopadus, circa alla latitudine dell'odierna Ancona. Si perviene poi pian piano al continuo passo di danza, al rallentatore, dei secoli durante i quali la natura ha lasciato fiorire la presenza umana e l'ha poi sepolta. Più tardi ecco l'era dei «Sette Mari» e siamo già ai tempi greco-romani, e poi ecco gli interventi sempre più precisi voluti dallo Stato veneziano, i tagli, le fosse di scolmatura, il lavorio che doveva essere instancabile sia nel conservare, sia nel mutare profili, orizzonti, approdi, giocando con la forza sempre freschissima dei fiumi.

Sì, tutto oscilla, tutto si stabilizza, in un certo senso, e sintetizza nell'oscillare, si succedono gli strati archeologici, le forme di civiltà; e il tempo si fa visibile, infine, di ora in ora nel gioco delle maree e dei colori che assumono le barene e le velme, gli specchi più o meno alti. E sempre più si spiega e manifesta quel potere serpentino, quel flusso quasi di un sangue metafisico, che dà ai canali o ai ghebi e alle loro anastomosi sempre instabili, il fiorire di piante e poi di erbe che nell'arco delle stagioni creano sempre rinnovate figure, un infinito riecheggiare, da abissali lontananze, di una continuità.

Questa è la Laguna, questa non è la Laguna, questo è l'enigma della Laguna, questa è la chiarezza evidentissima della Laguna.

L'incontro è massimalmente fluido, una fluidità di sostanze variatissime, in una serie di figure topologiche e di frattalizzazioni, con gli imperativi del tempo storico veneziano che, come sempre, aggiungono eleganti geometrizzazioni, linearità o ricami.

Ma di fatto il "computer", il cervello pensante, il punto focale rimane la Città, questo luogo cresciuto per una serie di incredibili contraddizioni storiche, ma anche per un'armonizzazione altrettanto incredibile di attività umane. È "l'arte di esistere" tipica di Venezia, col suo corpo orientale e più tardi con la sua sempre maggiore estensione di dominante in Terraferma.

La città era il sensibilissimo baricentro che imponeva le regole del rapporto con l'entità lagunare, anche sotto l'aspetto delle attività antropiche, dei vari tipi di sfruttamento che erano possibili, comprendendo tutto il raggio delle isole, e dando a tutto questo insieme una tale duttilità e tempestività e velocità e molteplicità di aggiustamenti, di innovazioni anche tecniche, tali da sbalordire in un territorio umbratile di forme, palpitante, che non ammette tregua, non ammette respiro ozioso.

La Laguna è febbrile e pur calma, contemporaneamente rassicura ed inganna, ma poi, alla fine, al di là di tutti i progetti e i microlavorii di uomini, di animali, di piante, porta ad un contatto talmente profondo con i ritmi cosmici, da creare veramente la possibilità stessa di farci palpitare coi suoi colori mentre, aprendosi a quelli del mare, fa intravedere un'autentica miriade di possibilità in tutti i campi d'immaginazione o di attivismo. Da questi colori della realtà certo trasse il suo impulso massimo la forza di sensi e mente che creò anche i colori unici della pittura veneziana (e non solo di quella), in cui le seduzioni del caos si pongono come speculari a quelle del cosmo. Ad esempio, grazie alla "medicazione" minima, timida, costituita dal tema del palo, o se si vuole dello stelo o delle palizzate di contenimento o degli appoggi sicuri, pur nella loro relativa esilità e rarità, dati dalle bricole e da altri segni (messi quasi come sentinelle care agli uomini ma familiari ai venti ed alle onde), tutto un tessuto di fine razionalità s'interseca all'incontrollabile fluidità del "caotico" tema ondoso. E tutti quei segni diventano frecce non imperiose per una direzionalità suadente.

Con Hesse possiamo godere del paradiso cromatico della Laguna: stupisce quanto questo specchio lattiginoso sia sensibile alla luce, afferma il grande autore. E nota: «In quel momento il sole conferiva una luminosità opaca ed uniforme [all'acqua] che tuttavia nei punti dov'era sollecitata dalle barche e dai colpi dei remi, si accendeva di accecanti fuochi dorati. [...] L'acqua della Laguna, il cui colore è un verde chiaro, ha in tutto e per tutto le qualità luminose delle pietre opache, in particolare dell'opale». Osservazioni di questo genere, acute fino allo spasimo, o dolcemente cullanti, ritornano numerosissime in tutto il libro, tanto da far dire che, tra gli innumerevoli visitatori di Venezia, Hesse sia uno dei più innamorati della Laguna.

Qui diventa naturale ricordare, poi, la straordinaria ricognizione delle forze, dei misteri e delle evidenze lagunari compiuta in un memorabile[12] scritto da Goffredo Parise, introduzione a una bellissima raccolta di foto della Laguna scattate da Fulvio Roiter. Parise, amante della caccia in botte sapeva cogliere il farsi lento dell'alba, sul finire di diacce notti invernali, e arrivava poi ad individuare i recessi ideali per ogni *déraciné*, come lui si sentiva pur essendo più che mai radicato proprio in questi paesaggi, tra questi fulgori cromatici, fra strane e dolci convivenze a poca distanza, che egli fa notare con particolare amore ed attenzione: convivenze di orti, cannucce, verzure diverse, "stagni". Ecco una striscia di acqua all'orizzonte, ecco la terra coltivata, là dove un momento prima c'era invece il contrario; ed ecco una striscia di terra all'orizzonte e tutto il resto acqua.

Il capovolgimento continuo delle situazioni, il mutamento continuo, la metamorfosi eterna, resta sempre nell'occhio di Parise, ed egli arriva perfino a valorizzare i ciarpami di ogni genere, purtroppo qua e là presenti al termine magari di un ghebo, una casualità che paradossalmente sembra nascere all'unisono con una certa arte del nostro tempo: anche da questi segni per quanto terribili e degradanti sono usciti spunti validi per la pittura.

Ora, in tempi di accelerazione negativa di epocali mutamenti, già si parla di minaccia di sommersione delle terre litoranee in tutto il mondo, se la pazzia umana non riuscirà ad autofrenarsi – ma è possibile? – mentre si sta constatando l'abbassamento dei fondali causato anche dagli sconsiderati lavori dei recenti decenni. Nasce un senso di impotenza e quasi disperazione: ma si corre allora ad afferrarsi alla prepotenza della bellezza che sale come una fiamma, una calma ed intensa fiamma, dalla Laguna, per imporci di rendere sempre più efficace e costante la salvaguardia di questo suo spazio, dei suoi habitat, flora e fauna, compresa quella umana, la più incontrollabile.

(1997)

Un'evidenza fantascientifica

In margine a un vecchio articolo

Un mio intervento tra altri di operatori di alta competenza specifica in vari rami dell'ecologia e scienze affini non può che essere discontinuo e basato soltanto su osservazioni della realtà (molto limitate), però sostenute da quello che chiamerei un fatto di sentimento, di coinvolgimento nelle bellezze naturali ed espressioni poetiche e artistiche nate da esse.

Lungo l'arco del dopoguerra si sa che molti atteggiamenti e situazioni sociali sono cambiati. Ci fu una prima fase animata dal voler risorgere dalle rovine, in cui si doveva pensare alla ricostruzione. Nelle successive fasi, dipendenti soprattutto dalla congiuntura internazionale, si verificò un'evoluzione della mentalità delle masse collegata all'affermarsi del potere della tecnica.

Porterò qui un esempio di quel diffidente entusiasmo che nei giovani già arrivati alla maturità all'inizio degli anni Sessanta aveva animato ogni azione: nella realtà un progresso economico, una prima fase del "miracolo", già apparivano come tramonto rapido della civiltà contadina, sopraffatta da una diffusa tendenza capitalistica di cui si potevano intravedere i misfatti. L'articolo qui di seguito, tratto da «La Provincia di Treviso. Rivista dell'amministrazione provinciale» (anno V, n. 3, maggio-giugno 1962, pp. 36-38), attesta tra i suoi collaboratori nei vari campi una singolare buona volontà di conoscere e autoconoscersi che comprendeva in sé, in una posizione già eminente, anche indagini di quella che poi si autochiarì come coscienza ecologica.

L'articolo da me presentato con il titolo non del tutto ironico *Architettura e urbanistica informali* è una breve storia del confronto tra le trasformazioni già avvenute e quello che si sarebbe detto "piano di speranze di crescita" in cui la salvaguardia estetica doveva avere una sua preminenza. Ma mentre venivano segnalate le molte brutture architettoniche si presentava anche un minimo piano di tutela, pur con molti dubbi.

La realtà si incaricò di schiaffeggiare serenamente gli autori perché (sommo tra tutti gli sgarbi) la bellissima piazzetta chiusa di Follina, quasi promanante dall'antica abbazia, venne trasformata poco dopo in un pericoloso quadrivio proprio dalla Provincia che avrebbe dovuto impedirlo a ogni costo.

Nel mio articolo si toccano le naturali connessioni dell'affacciarsi di innovazioni artistiche, come l'informale che poteva in sé anche urtare un certo perbenismo. In realtà esso denunciava il disagio profondo dell'esplorazione sperimentale che includeva pur anche un senso di disumanizzazione.

Nello stesso 1962 uscì il mio libro *IX Ecloghe* che era tutto sviluppato nei nuovi contrasti letterari analoghi a quelli artistici; poco dopo uscì anche il mio racconto alla lettera autobiografico *Premesse all'abitazione*, in cui puntigliosamente sfilano tutte le ansie e i disagi affrontati nell'avviare la costruzione di una casa propria secondo il modello veneto di campagna. Il mio discorso, sempre più frastagliato e incerto, si svolgeva come parte stessa del rendersi coscienza di una serie di traumi epocali. Poteva sembrare che tutto andasse sempre meglio sotto il segno della scienza e della tecnologia, ma la stessa velocità dei cambiamenti si trasformò in stato febbrile e nacque la «dromologia»[13] di Paul Virilio, che veniva da Mac Luhan.

«Di tutto, di più» è oggi lo slogan che esprime il terribile mito di una crescita senza fine, di un'immortalità macchinina mossa peraltro dai più bassi istinti dell'*homo oeconomicus* e quindi spezzata da crepe successive, soffocata dalla sua stessa pletora.

Tutto questo faceva dimenticare qualsiasi finalità profondamente umana, mentre già dagli anni Quaranta e immediatamente successivi si correva al riarmo atomico mondiale. Questo tempo fu detto dell'«equilibrio del terrore» (una contraddizione in termini), e in seguito, al suo crollo, non poteva non aprirsi che la fase del «terrore di ogni giorno».

Sotto una finta pace il capitalismo si sbrigliò nelle sue imprese più strampalate, alcune delle quali peraltro ebbero ricadute scientifiche positive, con improvvise guerre, esplosione incredibile dell'economia in zone limitate e sempre maggior miseria in altre, e altro ancora.

La storia del nostro "Nordest" interpreta bene questi contrasti, mentre sommovimenti di diversa vastità interessavano colossi come Cina e India. Rapidissima e meritoria crescita di iniziative che però nel nostro Paese degenerò nel modo più spaventoso fino a portare alla sua distruzione fisica, oltre che a quella del paesaggio, e al crollo di un'etica fondamentale. Tutti questi fenomeni per di più si trovarono anche malamente connessi nella cosiddetta globalizzazione. A questo fatto subentra ora una «deflazione» economica carica di imprevedibilità negative.

La marcia di autodistruzione del nostro favoloso mondo veneto ricco di arte e di memorie è arrivata, con le sue iniziative imprenditoriali, ad alterare la consistenza stessa della terra che ci sta sotto i piedi. Come non bastasse, ora la natura ha presentato il suo terribile conto all'uomo dissennato. Chi saprà "governare" un'alterazione climatica? Qualcuno già parla della sesta estinzione in arrivo, questa volta anche per colpa umana.

(2005)

Architettura e urbanistica informali

L'insediamento umano nel quadro naturale costituito dal paesaggio potrebbe anche apparire del tutto accidentale o inutile o addirittura dannoso come una piaga. Qualcuno lo ha veduto in questo modo, collocandosi da una prospettiva "di Sirio"; un Micromegas disgustato dell'uomo e delle sue malefatte e del suo inesplicabile brulichio volentieri forse spazzerebbe via la corrompente presenza dei formicai umani, liberando la purezza del verde e dell'azzurro, del bruno e dell'aureo, i colori cioè del gioiello terrestre nella sua originaria configurazione. Ma se ci si colloca, con sufficiente superbia e sufficiente umiltà, sul piano dell'uomo (ed è questo il postulato di ogni nostro discorso) si deve dare all'uomo quel posto che egli stesso in buona fede non può negarsi, a pena di smentire la sua natura e di cadere nella più ipocrita delle mistificazioni. Della figura umana, del volto umano, non si discute; esso è in qualche modo l'apparizione sensibile della ragione. E così non si discute dell'insediamento umano, che la natura "deve" essere pronta a ricevere, è predestinata a ricevere. Ecco che allora ogni fantasma di insediamento-piaga scompare per lasciare il posto all'insediamento-fioritura. Momento più alto della realtà naturale; teso a ciò che la supera, l'uomo si colloca in essa – almeno teoricamente – al punto giusto, la riordina alle sue leggi e in ciò stesso ne rivela la preumanità, quell'attesa dell'umano in cui essa si preparava. Tale "collocarsi" dell'uomo assume un particolare rilievo se lo si considera appunto sotto l'aspetto dell'insediamento, giacché questo, come le linee di un volto, traduce in termini visibili la ragione e il suo faticoso cammino nella storia. Il paesaggio si anima e si accende della presenza umana perché al di sotto della sua apparente insignificanza esistevano delle strutture che un giusto antropomorfismo aiuta a vedere; ogni città costituitasi in accordo col suo ambiente diventa opera di un dio indigete.

Oggi sullo spunto di certe correnti delle arti figurative, sono venuti di moda gli aspetti allusivi della natura minerale o vegetale, i capolavori del caso; e non desta meraviglia, ad esempio, se in certi quadri appaiono terre come riprese dall'aereo in componimenti tra astratti e informali, e se persino la trascrizione dei paesi in simboli cartografici si presta a una ripresa artistica che, pur pretendendo di situarsi al limite o fuori di un'idea di forma, mette poi in luce appunto una forma, una legge che "urta" per la sua tenace armonia, invincibile quanto originariamente dissimulata. E, tra parentesi, si potrà dire che l'informale trova il suo significato negandosi nell'atto in cui si pone; nato come ricerca d'espressione della disgregazione, finisce col raccogliere ogni minimo grido che nel caos parli dell'ordine, finisce col manifestarne la presenza anche là dove prima non si sarebbe mai sospettata. *Lapides clamabunt*,[14] e così chiameranno con voce umana le macchie, i grumi, il guazzabuglio materico, lo stesso nulla.

Non è un caso se in questo insieme di problemi un posto di primissimo ordine è preso dall'architettura e dall'urbanistica, le più resistenti, con la letteratura, a una teoresi della disgregazione. E anche il profano resta autorizzato a parlare di architettura e di urbanistica proprio per quella realizzazione generale di "spiritualità" dell'ambiente naturale che in esse dovrebbe compiersi. Non si tratta di questioni tecnicamente specifiche di queste arti-scienze ma del loro apparire come strumenti sempre più idonei a favorire la coscienza totale del significato del rapporto che intercorre tra paesaggio e uomo. E se è vero che mai come ora si è avvertito che lo sconvolgimento delle forme è una provocazione al loro eloquio, le rende impellenti, è altrettanto vero che mai più di ora uomo e natura si sono trovati sospinti a illuminarsi a vicenda proprio in quel particolare campo di consapevolezza che deve unificare paesaggio e insediamento, in modo che questo appaia davvero "nascente" di quello.

Ma la coscienza non può mai essere fatto unicamente estetico; essa si risolve in moralità d'arte e in moralità *tout court*. Il delicatissimo strumento architettonico-urbanistico diventa spia della presenza, in un ambiente, di un'umanità integrale in ogni senso; dalla razionalità-armonia si passa alla moralità e in definitiva al sentimento sociale che ne è l'approdo, si ripercorre tutto l'itinerario dello sviluppo spirituale dell'uomo. Al vertice poi si delinea, nell'accordo tra bello e "giusto", persino un'accezione religiosa di questa "logicità" totale. Ciò che in altri tempi era stato più volte realizzato d'istinto, in una felice comprensione spontanea, in uno slancio comune che quasi aveva afferrato un dato paesaggio e i suoi abitanti-rivelatori-creatori (e si può pensare a ciò che fu Venezia), oggi si ripropone con nuovi e perfetti titoli, con nuove garanzie, ma proprio per questo con l'imperativo di una legge inderogabile. E con ciò non si vuole asserire che il paesaggio sia un dato statico, né si deve intendere questo suo necessario inveramento come qualcosa che sia costretto ad assumere, storicamente, una sola figura. Il paesaggio può prendere nel corso dei tempi molti volti come una gente prende molte vite; ma sempre la sua fioritura o la sua desolazione rispecchiano quelle della società umana.

Oggi dunque si sa qual è la via da seguire; ma non si può certo affermare che l'attualità di questa coscienza sia di per sé sufficiente a modificare le spinte che si producono, in un primo momento, anche al di fuori del suo campo vero e proprio. L'Italia si è trovata in questi ultimi tempi a una svolta della sua storia economica ed ha assistito a un prodigioso sviluppo di attività e d'iniziative che però, per la sua imprevedibilità, non ha ancora superato quella fase che si potrebbe chiamare "biologica". Le forze che potevano e dovevano coordinare questo sviluppo non si sono fatte sentire a sufficienza, anche per la tradizionale lentezza della macchina legislativa, sopraffatta spesso dalla coazione brutale di interessi particolari. La traduzione in termini visibili di questo insieme di fatti si ha nella proliferazione casuale e mostruosa delle città, nella devastazione della campagna che sta coprendosi di un caotico e sfilacciato tessuto urbano, nello sfregio, infine, del paesaggio, che si sta perpetrando in tutto il paese.

D'accordo che un rovesciamento tanto repentino di strutture, un sommovimento di tanta portata, ben difficilmente poteva essere controllato appieno; ma non ci si meravigli se qualcuno vede, nella situazione urbanistica e paesistica che è venuta creandosi, la più clamorosa attestazione dell'anacronismo ormai costituito da una società troppo "privatistica", in cui le attività e le iniziative, sordamente "singole", si svolgono al di fuori di benché minime considerazioni estetiche morali e sociali, con danno di tutti, danno anche economico.

Si è così giunti a un certo tipo di architettura e urbanistica "informali", per un itinerario opposto a quello di altre arti; in queste c'era l'angoscia della difficoltà immensa del far vivere oggi la forma, o un conscio atteggiamento blasfemo (fatti che in ogni caso implicano una passione, un culto), in quelle (eccettuati i rarissimi casi di teorizzazione), si è verificata nella pratica l'eclisse della forma. L'eruzione del brutto, della distonia, della cancerosità, in un settore che condiziona da vicino la nostra vita quotidiana, come quello architettonico-urbanistico, ci dice che la nostra è solo l'ombra di una società, che noi siamo solo ombre di uomini, che il caldo sangue economico di questa società ha ben poco di umano. I sempre citati "posteri", basandosi sul larghissimo sedimento edilizio lasciato da questa nostra epoca, ci giudicheranno certo animali vivacissimi, ma poco di più o di meglio...

Si è esagerato? Forse; e non si vuole generalizzare, ma i casi sono troppo casi, i mostri troppo mostri, le "esplosioni" troppo frequenti (e certo oltre le intenzioni della stessa arte odierna «come esplosione», di cui parla Roger Caillois!) perché si possa tacere. Del resto basta pensare a quanto affermano gli stranieri, che si esortano vicendevolmente a visitare l'Italia prima che gli Italiani l'abbiano fatta sparire.

Anche la nostra provincia, Marca della gioia e dell'amore soprattutto perché i suoi aspetti sono sempre stati gioia e amore per occhi consapevoli, sta soffrendo di questa crisi, è funestata dal "furore biologico" anziché incoronata da una vita creatrice di forme belle, come fu un tempo; e gli sfondi paesistici che hanno illuminato i quadri di quasi tutti i grandi maestri della pittura veneta sono minacciati.

Bisogna capire che salvare il paesaggio della propria terra è salvarne l'anima e quella di chi l'abita.

Per strette strade
in labirinti lerci
che brucian di commerci
infiltrando di polveri sottili
    di ceneri sottili
    gl'infimi fili
    del nihil
  (febbraio 2005)

La mia povera vita
si fa grande di tante
profonde fantasie di colline
  (primavera 1952)

(1962)

Il Veneto che se ne va

È avvenuto in tanti altri luoghi del mondo. Ma perché qui sembra peggio? Quanta soave terra veneta, dalle lagune alle Dolomiti, mangiata dalla lebbra. Qui il senso della deflagrazione, dell'assordante e accecante «boom» verificatosi in questi anni, si è avuto più forte perché tutto pareva assorto in un qualche equilibrio, anche se già vagamente sfibrato, malato.

Sembrano cadere a pezzi, nel grande scoppio, la regione veneta, il vecchio mondo veneto mitizzatosi come quiete rosea e un po' tabaccosa, il delicato tono nervoso veneto, residuo incerto di una costellazione di certezze che si era formata nei secoli d'oro, sia pure a livello di casta; e cade a pezzi anche tutto un insieme di spazi e di prospettive umane che da quei secoli si potevano ancora ricavare. Choc anche positivo, ovviamente. Se ne va qualcosa che era destinato ad andarsene, il tempo veneto in cui «tutto si accomoda a tutto», in cui «mi no vado a combàtar». Quello del vellutato «troncare, sopire» che era garantito dalle cadenze di un dialetto capace di conferire anche alla voce del dominio le più suadenti inflessioni, riecheggiate dalle devote voci dei sudditi. È un bel fatto che non si risponda più, se chiamati, con il «comandi!» dettato da un supergalateo, di cui per altro certe ironiche finezze meriterebbero di essere salvate. Soprattutto, vanno scomparendo l'emigrazione e le frange di miseria e di stento. Mi turbano di gioia le parole di una vecchia contadina, inurbatasi fra i quattromila abitanti di un paesetto (vale per campione) che ha tirato su caparbiamente una trentina di fabbriche di mobili, nel caos più caos possibile, e che non solo ha visto il rientro degli emigranti, ma ha persino i suoi bravi esportatori di valuta! E il nait-clab!

Dice la contadina: «Che bel che l'é tut, adès. O' fin l'acqua in casa e la television. Pecà esser veci, adès che se à tuti i so dret». È deforme per le fatiche del portar gerle di letame e altro su per i declivi. «Dret» significa comodi, comfort, nel dialetto del Quartier del Piave, una zona remota dalle grandi vie di comunicazione, tra le Prealpi e il fiume. Ma «dret» non vuol dire altro che «diritto», e non solo nel senso di «ciò che va per il verso giusto», ma di «ciò che spetta di diritto». Appare la colta dignità di tutto un popolo, che considerava come diritti essenziali all'uomo, alla sua libertà reale, quelli che altri vedeva soltanto come utilitari conforti e comodi. Brillano attraverso gli antichi dialetti pedemontani e montani, abbastanza diversi dall'attuale «koinè» veneta, una sapienza e una fermezza attivate da un certo brusco e pur allegro dire di sì alla vita.

Ma anch'essi precipitano nel crepuscolo rapidissimo, si sciolgono nella «koinè» e poi nel parlato neutro e radiotelevisivo male imitato dalla borghesia minima, cioè da tutti, perché tutti purtroppo divengono borghesia minima. Non resterà che cercare, senza eccessivi rimpianti, un salvataggio *in extremis* di qualche eco dell'arcaico dettato pieno di afrore agreste; venga almeno un'ecloga in dialetto sulla fine del dialetto. Ma no: esso durerà ancora nei toponimi: bellissimi quelli delle località collinari, poderi in pendio, «rive»: Col Parsór, Col de Fer, Calamónt, Castàoi, Spin Grant. Da ognuno di questi nomi-pendii ammicca uno spiritello che non si lascerà facilmente intruppare, né annebbiare, né smussare nella sua acuta individualità.

È la compagnia dei vini, ciascuno dardeggiante con proprie frecce, effervescente di propri incentivi, esclusivissimo nel proprio oro. Lungo i colli corrono le strade del vino: una sommessa dolcevita, che punta su delizie enologico-gastronomiche (ma è anche un bel po' disinibita in fatto di amore), perdura in quelle zone, pur se intorno gravano minacce di giustificazione e di imbroglio «per le masse». Ma i sopravviventi vini cantautori, che richiedono la fine della serata con il coro all'osteria e con la barcollante passeggiata fino a casa, mal si accordano al «boom» della motorizzazione. Probabilmente anche per questo tanta bonaria carne veneta resta sull'asfalto, e qui gl'incidenti nei periodi degli esodi festivi vengono spesso attestati con cifre superiori alla media nazionale.

E il futuro? Poco si può ipotizzare oggi, specie dall'osservatorio di un piccolo centro periferico. Certo, nettate via dalla muffa e liberate sia dal tramortimento sia dal bollore coatto, le «non spente virtù» potranno dare sorprese.

(1970)

La memoria nella lingua

Con estrema riluttanza mi dispongo a scrivere alcune riflessioni e divagazioni sul Veneto, inteso soprattutto come orizzonte entro il quale si formarono quelle esperienze, vicine o lontane, che hanno costituito la mia personale vicenda. Non sarà in ogni caso un'indagine storica o letteraria o linguistica in senso proprio, ma solo la testimonianza di un incontro con queste realtà, di cui la mia ricerca poetica ha tentato in qualche modo di farsi testimone e, soprattutto, voce. Ma il motivo principale della mia riluttanza non proviene soltanto dall'argomento così vasto che mi è stato affidato. Mi aggredisce infatti quasi il rumore di una sonora derisione, poiché vedo quotidianamente con i miei occhi un Veneto che contribuisce alla distruzione di quello stesso orizzonte di cui sono chiamato a parlare, un Veneto che spesso ha nelle stesse forze produttive e politiche, dalle quali dovrebbe provenire l'impulso alla conservazione dell'identità e della sua cultura, il consenso e a volte l'aiuto per l'attuazione di tale scempio. Già decenni fa mi capitò di dover descrivere gli appena iniziali fenomeni di questo tipo per evitarne il proliferare e di esprimere augurabili soluzioni che non turbassero l'armonia di certi luoghi. Ma subito dopo la stessa autorità (la Provincia) liquidò malamente dei veri gioielli. Mi troverò dunque a evocare realtà materiali e psichiche, le quali, già più volte colpite nel passato, oggi rischiano l'ultimo e definitivo tracollo, dietro la spinta di fattori di un malinteso sviluppo, entro l'instabile quadro della globalizzazione mondiale, a tali costi che non si potranno più saldare.

Per quanto riguarda la realtà del paesaggio veneto come io l'ho vissuta e ho cercato di conoscerla, mi è facile comunque esordire ricorrendo semplicemente ad alcuni fatti della mia vita, che già in età precocissima mi hanno portato a percepire il paesaggio della montagna in termini affettivamente molto marcati: mio padre oppositore strenuo della dittatura fascista, trovò rifugio a Santo Stefano di Cadore, e lì poté esercitare il suo lavoro di insegnante presso un consorzio artigianale, e anche di pittore-decoratore nonostante le interdizioni opposte dal regime. Ho il ricordo di lui che compare all'improvviso dopo aver disceso la strada d'Alemagna in bicicletta per venirci a salutare, e che poche ore più tardi inizia la via del ritorno a Santo Stefano.

Altri ricordi non molto felici sono legati al tentativo, durante la fine degli anni Venti, di trasferire lassù l'intera famiglia, un progetto destinato a naufragare a causa delle condizioni di salute di mia madre. Io rimasi a Santo Stefano per un periodo abbastanza lungo, e per alcuni mesi con mio padre, noi due soli a Costalissoio, di cui stava affrescando la chiesa; e devo dire che insieme ai ricordi tristi ve ne sono di molto cari e intensi, come fondamentale è stata l'impressione che ha lasciato in me la natura di quei luoghi: una vera apertura al sublime. Fa parte inoltre della mia più abituale quotidianità rivolgere lo sguardo alla corona di monti che si intravede alle spalle del movimento collinare che abbraccia il mio paese. Da sempre mi sono posto fedelmente in contemplazione e ho accolto con piacere ogni occasione per intraprendere un piccolo viaggio, per attraversare le quinte di questo fondale, fino allo sfumare di esso nei primi contrafforti rocciosi, nei primi erti paesaggi di un immenso "nord". Di piccole continue esplorazioni e brevi soggiorni nell'Agordino, nel Cadore, in Cansiglio e più tardi a Cortina portano le tracce per via diretta o allusiva tutta la mia poesia e in particolare alcuni dei primi scritti in prosa.

Ma l'idea che si è andata formando in me a proposito della montagna è quella di un universo in cui meglio si fanno leggibili e più lentamente si cancellano i legami del corpo e dei suoi atteggiamenti profondi in rapporto col luogo, il "terreno" sul quale l'animale-uomo cresce entro il suo raggio d'azione vitale. È proprio la montagna sempre ricchissima di strati e di aree, a volte puntiformi, in cui l'elemento etnico trova variazione espressiva in una postura, un oggetto, una sua diversa collocazione nel "qui ed ora" e nel cosmo. Non va dimenticata inoltre la funzione esercitata dal "pettine" dei fiumi veneti, che crea un ininterrotto susseguirsi del "di qua" e "di là", un alternarsi incredibilmente netto di situazioni linguistiche e antropologiche distinte lungo quelle linee. Si potrebbe persino citare la «linea di San Nicolò», diventato Santa Klaus nel Nord, che passa lungo il Piave e divide dai paesi dove si segue la tradizione della Befana.

Tra le stratificazioni e le varianti più curiosamente ascoltate e poi acremente rimuginate e indagate, spesso fonte della gioiosa sorpresa di un pezzo di realtà ritrovata, sono da mettere in primo piano quelle linguistiche. La realtà che mi ha voluto sempre immerso nel dialetto del mio paese, ha fatto sì che io ne abbia percepito il lento evolversi e poi, quasi per "strappi" successivi, il suo trasformarsi e quasi sparire al cospetto dell'irruzione dell'attuale sistema sociale dominato dalla cyberfinanza e dai massmedia. Anzi, devo dire che per me, soprattutto nella seconda metà degli anni Settanta e all'inizio degli anni Novanta, si è trattato di un vero e proprio sentirmi "portar via la terra sotto i piedi", sentirmi strappare il tappeto sul quale si sosteneva la parte fondamentale del mio mondo. Infatti, anche se nella mia opera non era mai comparso "ufficialmente" il dialetto, esso era lo strato profondo sul quale si reggeva una parte altrettanto profonda del mio scrivere, che talvolta – del resto – aveva potuto risalire da questo strato con sorprendenti (soprattutto per me) "eruzioni" nel mio comporre in italiano.

È stata quindi la percezione di una progressiva e, all'orizzonte, definitiva scomparsa del dialetto che mi ha portato, nella seconda metà degli anni Settanta, a scrivere nella parlata del mio paese. Non era la prima volta che questo accadeva (infatti avevo tentato in precedenza altre prove, serie o scherzose) ma per la prima volta mi sono convinto della necessità di tenermi stretto a questo mio remoto e necessario "appoggio", coincidente con la realtà del mondo agricolo e artigianale che stava tramontando.

Si spiega così perché la mia condizione di parlante dialetto sia diventata una forma particolare di attenzione, diversa da quella del dialettologo professionale. Un atteggiamento che non nega l'apporto del lavoro "scientifico", perché, anzi, ho sempre sentito come fondamentale e a volte estremamente inventivo il passaggio attraverso le scoperte e le congetture degli studiosi. Io però ho sempre cercato un legame empatico, una suggestione che potesse toccare le corde dell'immaginazione e della creazione, "assaggiando" le pronunce e le locuzioni idiomatiche, sentendovi la fragranza di questo o quel luogo, la presenza di un vento o di una sorgente, in stretto rapporto con l'imprevedibilità e l'imprendibilità di venti e sorgenti che provenivano dalla poesia. E proprio in questo modo mi è capitato di cogliere le sottili variazioni e stratificazioni, che spesso riguardano aree delimitatissime e di collegarle, sempre, a un universo circoscrivibile (quasi!) a un certo numero di bocche, e quindi di volti, che queste espressioni pronunciavano. Ma ecco che – però – rispetto a questa singolarità estrema, che vede le parlate della montagna farsi quasi mappa vivente della montagna stessa, io mi sforzavo di ritrovare, e ritrovavo fantasticando, nelle resistenze dell'etimologia, nelle analogie e nelle distorsioni dei "viaggi" storici delle parole, quella più vasta opera che fa riconoscere in una pronuncia singolare, una singolare contrada, il segno di un popolo e dei tempi numinosamente lontani in cui questo popolo si è formato.

Così ho sentito anche i segni delle ferite e delle interruzioni, le cicatrici rimarginate, i suoni in cui indovinare le terribili eccentricità che hanno contribuito a costituire i "centri", anche minimi, della vita storica dell'uomo.

L'immagine della montagna, e per molti aspetti questo vale per tutto il territorio veneto e per le sue parlate, è per me anche quella di un «paesaggio geologico», ovvero di una illustrazione della geologia, come se ci fosse consentito sprofondare nelle ere della terra-lingua. E al mistero che lega la storia e la geologia ho fatto in più occasioni allusione nella mia opera, non osando avvicinarlo con strumenti diversi da quelli dell'immaginazione poetica. Per la ricchezza di particolarità (al plurale) e allo stesso tempo per la profondità geologica di cui ognuna di esse è testimonianza, sovente sono stato sospinto a cercare nelle parole, corroborandomi se possibile con informazioni filologiche consistenti, un vero luogo, capace di accogliere tutta l'ampiezza del suo tempo presente e del suo tempo inabissato. La toponomastica e l'etimologia sono base di questo processo di restituzione fantastica, per mezzo del quale ho sempre cercato di far ritornare al nome quella pienezza del senso che il nome soltanto suggerisce.

Devo dire che tutto questo avveniva per altro senza che io vi ponessi una particolare intenzione, mi riusciva immediato e per così dire naturale: ma proprio in relazione alla profonda sovversione che ha investito il paesaggio e l'intera antropologia del nostro Veneto pedemontano e montano, dopo i primi inequivocabili segni, solo allora questo mio atteggiamento è diventato allarmata riflessione. Una riflessione che però prendeva avvio dentro un processo di grave perdita oramai avviato, fino a coinvolgermi con il passare degli anni nel modo più subdolo: i deficit dell'idioma, i suoi ammanchi, vengono a confondersi con quelli della mia memoria e soprattutto di quella comune.

Voglio però sottolineare che è sempre una sorpresa visitare i luoghi già familiari in questa regione, e il Veneto per me più vero, dalle Dolomiti scendendo fino alle Lagune e all'Adriatico è sempre in questo reciproco contendere della memoria e della presenza: è un Veneto fatto di un susseguirsi di zone ben individuate, unicità inconfondibili e allo stesso tempo mai completamente afferrabili. Sono realtà che, per quanto ci si addentri e le si possa immaginare come in un plastico interamente visibile dall'alto, mai si riesce a fissare in una vera "mappa", sono luoghi ricchi di lontananze e intrecci di tempo-spazio, per i quali l'intero sistema di percezioni e riscontri che essi attivano diventa uno stato quasi fisico non riproducibile in alcuna immagine. Muoversi, aggirarsi, stare (ma qual è il *vero luogo* del nostro stare?) in una di queste aree comporta sempre un senso di sprofondamento, di peso sulle spalle, e insieme di spinta verso altri orizzonti, verso altezze atmosferiche e perfino stellari.

Fin dall'infanzia ho percepito inoltre gli spostamenti entro la geografia come altrettanti spostamenti nella storia, e questo è in parte dovuto alla frequenza ossessiva delle commemorazioni della Grande Guerra, alle quali gli scolari dovevano assistere e partecipare. Di conseguenza mi si è interiormente segnato un tracciato particolare, quello dell'ubicazione degli Ossari, che innerva la linea del Piave, e che si lega alla geografia di questa terra in modo così radicale da condurci attraverso i secoli e i milioni di anni, alla consapevolezza dei terremoti scatenati dalla faglia periadriatica...In questa discesa o semplice digressione nei tempi del passato, si mischiano alle immagini e ai medesimi nomi di luoghi altre memorie, a volte incerte e favolose, fino alle leggende e alle storielle più improbabili. E Venezia coi suoi misteri, gemma della Laguna, o i Colli Euganei, o le terre dei Delta sono già ricchissimi mondi a sé, di cui ho trattato, o meglio che ho appena sfiorato.

Insisto su questo tema perché si sta scatenando ora nel Veneto una vera e propria *damnatio memoriae* per cui vi sono fasce estese di popolazione che, come credono possibile il salto diretto dal dialetto all'inglese, senza passare per l'italiano, così ignorano che l'autonomia del veneziano o del trevigiano erano legate ad un orizzonte di creatività e di bellezza della lingua, a un orizzonte di "opere" vive in aperto dialogo e in continuità con il passato nazionale ed europeo. Il venire meno di questa capacità di genesi incide fortemente anche sulla lingua: resta un *grammelot* oscillante tra il tecnico-informatico e i detriti dei dialetti morenti. Sebbene il dialetto sembri sussistere più diffusamente che in altre zone, la rovinosa deriva delle parlate locali e delle più vaste identità dialettali è riscontrabile nella sua sconsolante minuzia di lesioni e vuoti nelle continuità del quotidiano, senza quella torsione inventiva che è tanto più difficile realizzare nel momento in cui la globalizzazione riguarda anche la lingua e non solo la finanza e l'economia. Una vera memoria è infatti propria della lingua, prima ancora che della letteratura, nelle profondità in cui diviene continuamente e continua ad essere "lingua nascente" (ciò che talvolta lampeggia anche nel suo attuale degenerare), in contatto e legame con la "fisica" antropologica e geografica dell'ambiente in continue interazioni. Basterebbe a questo proposito citare Simon Schama, o anche i numerosi scritti di Eugenio Turri. Per me l'esperienza di questo legame è passata anche attraverso coinvolgimenti così profondi che non esiterei a definire quasi patologici, e che forse proprio per questo acquisiscono una paradossale e minima autorità.

L'identità ed il carattere veneto dei letterati del Novecento conferma tuttavia, fino all'attualità ed all'avanzare di nuovi scrittori, la necessità di un vasto orizzonte creativo, che non mortifica affatto, ma invece esalta gli elementi propri di quelle zone o aree di cui ho detto in precedenza. Senza fare tanti nomi, del resto assai noti, basterà solo un accenno alla "costellazione" che si è formata a Vicenza e dintorni da Meneghello a Parise a Rigoni Stern al trilingue Bandini, e poi alla Belluno seminordica di Buzzati, ai poeti di Rovigo, alla pianura della Marca celebrata da Comisso, alla Padova intellettuale, che appaga la sua vocazione scientifica anche negli studi linguistici e con essa nutre la critica la poesia e il romanzo, fino a Ruffato, a Camon e ad altri recenti nuovi scrittori.

E quante personalità sarebbero da menzionare, che sono rivelatrici della verità di questo o quel luogo: sotto tale aspetto ci sarebbe ancora oggi da rallegrarsi. Da grandi istituzioni culturali universitarie e non, e da personalità di studiosi o di linguistica e dialettologia o di antropologia, storiografia e affini, continuano appunto ad arrivare stimoli eccezionali che poi danno agli scrittori e ai poeti la possibilità di appropriarsi di temi e di "parole" nuove, capaci di valere anche ben al di là della zona puramente veneta o triveneta, specie dove la ricerca, anche se in prosa, si fa poetica nel senso più alto – e produce qualcosa che è vivacemente lingua di un luogo e del suo "doppio" internamente contraddittorio e imprendibile. Il debito di tutti verso Pellegrini, Prosdocimi, o Folena, o Cozzi,[15] solo per far qualche nome, resta enorme.

È però debole nella letteratura di oggi la commedia, di cui credo si senta la mancanza (e personalmente ne ho la nostalgia, anche della commedia ottocentesca, per non parlare dei nostri classici dialettali o no). Ma pur si può oggi notare una certa rinascita attraverso il monologo, e Marco Paolini ne presenta una vivace sperimentazione che tiene conto dell'immediata relazione col pubblico, seguendo e arricchendo antichi modelli.

Poi non mancano i romanzi d'ambiente e di costume (l'attuale "scuola di Padova") del resto abbastanza frequenti fino al recente dopoguerra. Anche a tutte queste esperienze, o, retrospettivamente, persino alle narrazioni dialettali di monsignor Flucco,[16] occorre ampiezza generale di vedute, e non solo nello sguardo degli scrittori. Tutta la storia linguistico-letteraria del Veneto è caratterizzata, come si accennava, da due forze felicemente contraddittorie: legame alle "radici" e varietà incredibile di apertura sul mondo e di creatività plurilinguistica. Quando penso a John Trumper, un linguista che arriva al punto, lui gallese, di parlare il buon pavano rustico perfettamente, mi rallegro. Ma quanto durerà quel padovano della bassa?

L'orribile degenerazione localistica che ha creato il *bellum omnium contra omnes,* ha coinvolto ormai anche i più piccoli comuni; ci si accanisce nel sacrificare gli ultimi brandelli di paesaggio e gli storici profili delle città, in zone già saturate oltre ogni limite dalla cementificazione e dai "centri commerciali" che alterano le antichissime strutture di cittadine e paesi. Se è vero che «i luoghi, come gli dèi, sono i nostri sogni», come ha detto Yves Bonnefoy, vediamo che con questa incalcolabilmente lontana radice onirica – comune a tutti e insieme esplosiva di individualità – si viene a minacciare l'ultimo resto di una regione che aveva in ogni città i suoi santi artisti e i suoi santi protettori.

Non è del resto difficile riscontrare nel presente, per analogia, il degenerare in superstizione di quella che era l'ingenua pietà popolare (ricca anch'essa di creativa fantasia). Invece del segnale di una rinnovata moralità, come spesso è accaduto per le spinte religiose che in vari periodi storici provenivano "dal basso", oggi è tutto un proliferare di sette, di maghi e di consultazioni astrologiche incrementate dalla televisione. Per non parlare delle pretese di riferimento a chissà quali sostrati linguistici (argomento altamente tecnico), che danno luogo a sciocchezze amene, per cui, per esempio, risulta un Brenno che comanda una "legione veneta". Ma qui si aprirebbe un capitolo ancora ulteriore, dove il ripugnante gareggia con il ridicolo, e che non è il caso di affrontare, mentre vale forse la pena di richiamare ancora una volta l'esigenza di mantenere almeno una minima continuità antropologico-culturale, prima di sprofondare nella più completa perdita di orizzonte.

Se la letteratura, la lingua, la poesia, si muovono ancora in varie forme, resta però sulle spalle e sulle teste il fiato grosso di un mancato rinnovamento autentico, perché la rapidissima crescita disordinata dell'economia, anche se ha rivelato casi singolari di inventività imprenditoriale nei più impensabili settori, non ha certo brillato nell'alta tecnologia, né si è rivelata sostenitrice di un articolato sviluppo culturale, nonostante certe apparenze fin troppo clamorose. La grande "novità" economica è talmente regressiva, dal punto di vista di un armonioso sviluppo umano, da crescere su se stessa quasi in modo acefalo. E ha finito per rendere tutto più liso, più fragile, senza alcuna forma di *pietas* capace di saldare "passabilmente" ciò che fu a un presente sempre più puntiforme e a un futuro tanto brulicante di possibilità, quanto enigmatico, per non dire torvo. Ora manca del tutto la presenza di segni di una *restitutio,* sia pure infinitamente diversa, del passato. Nell'era della globalizzazione (bisogna ribadirlo), e dei volani che tutto muovono, misteriosi a se stessi, ostili anzi ignari nei confronti di qualsiasi apertura ad un nuovo mondo "dei fini", purtroppo la nostra regione si è mostrata poco provvida, divisa e anche bloccata in alcuni corto-circuiti con esiti da cui è ben difficile estrapolare qualche elemento orientativo. Le congestioni folli di imprese e le cementificazioni ci sono.

Queste ultime dureranno, quanto alle imprese, nessuno può dirlo. Tanto varrebbe puntare su un «gratta e vinci».

(1999)

Sarà (stata) natura?

C'è stato un tempo in cui ho creduto che la cultura nascesse e si sviluppasse come manifestazione spontanea di un dialogo in atto tra l'uomo e la natura, quasi di un rapporto di mutua e amorosa comprensione tra una madre e il proprio feto, mai destinato, proprio per questo, a un irreversibile distacco dall'alvo naturalistico di provenienza. A conti fatti, posso dire di essermi parzialmente illuso. Non si è trattato di due realtà in accrescimento reciproco, ma di un rapporto unidirezionale di prevaricazione; tantomeno si può parlare di un vero e proprio "dialogo", relativamente al tragico scempio della natura commesso dall'uomo in quest'ultimo quarantennio, ma di una monologante e allucinata sequela di insulti. Il male da cui ha avuto origine "questo" uomo dipende proprio dall'essersi volontariamente sradicato dalle proprie origini, dall'essersi gettato in spregiudicata balìa del dogma capitalistico, inabissato nella melma di una superfetazione di minime-massime violenze che trovano un'esclusiva giustificazione nella cruda meschinità di interessi particolaristici.

Anche la denominazione di «sviluppo culturale» appare inadeguata, nel riferirsi all'evoluzione cieca, incontrollata, furiosa, febbrile della scienza e della tecnologia, avvenuta in coesione con le forze più maligne dell'aggressività interumana: l'espansione dell'industria bellica, nella forma di un aggiornamento in senso atomico dell'apparato militare (i pur diversi recenti casi di Cina e Iran costituiscono un esempio lampante di quanto sto affermando), ha ormai acquisito una dimensione panterrestre, sì che l'«equilibrio del terrore» tra superpotenze imperante tra gli anni Cinquanta e i Sessanta si sta rivelando ben pallida cosa rispetto all'odierno «terrore di ogni giorno», in cui la pur minima etica rischia di "saltare".

E nemmeno ha tardato a farsi avvertire quello stravolgimento dell'umano di cui ho avuto modo, parecchie volte, di parlare, derivato da uno sviluppo scientifico non coordinato a un principio di "natura" né svolto secondo una necessaria lentezza "rituale" dei procedimenti, rispettosa delle effettive capacità di adeguamento cognitivo dell'"animale uomo" ai mutamenti esterni. Non più tra la culla e la tomba si svolgerebbe la parabola-modello della vita di un uomo, ma tra l'innaturalità del *clone* e la fede-fisima del *kamikaze*.

Volatilizzato (virtualizzato) l'umano, sembra perdere consistenza la questione del suo insediamento, oggi che la «Nuova Babilonia», a dispetto delle speranze formulate nel 1967, sostenute da un ingenuo ottimismo, si presenta per quello che è: una coltre mortale di cemento armato. Alla fine degli anni Novanta, nella sola Feltre, l'immane speculazione edilizia poteva bearsi di 100.000 metri cubi di nuovi palazzoni: un vero e proprio monumento a una più generale tendenza implosiva della psiche umana, a una sua tendenza autodistruttiva, nemmeno più percepita come tale, ma avvertita immediatamente come benessere. Perché è proprio questo il punto: ciò cui oggi si dà il nome di benessere, coincide con l'infierire contro la madre terra e i paesaggi in cui essa si era costituita lungo i milioni di anni: paesaggi in cui essa aveva accettato e accarezzato la presenza umana, scaglionandola lentamente in armonie progressivamente integrate.

Si è verificata una *damnatio* di questa *memoria* territoriale millenaria, o, meglio, una banalizzazione della storia *in toto*, che ha comportato un violento rovesciamento dei rapporti temporali; e l'antichissima realtà naturale, da sempre fondante la stessa idea di «essere umano», si dà oggi come miraggio ecologico, proiettato verso un futuro estremamente avanzato: non verso "ciò che sarà", ma verso "ciò che sarà *stato*". Gli stessi sfondi paesaggistici dei nostri Giorgione e Tiziano, non trovando più una corrispondenza nella realtà geografica che siamo costretti ad abitare, hanno assunto un'evidenza fantascientifica.

Anche la poesia partecipa di questo proliferare di contraddizioni cui si è ridotta la nostra più vera realtà, e di cui si è cercato di rendere conto nel quadro appena delineato. L'*ubi consistam* della poesia si è ridotto alla verifica della propria futilità, oggi che lo stesso nome di "natura" è divenuto un relitto fonico privo di senso, avendo perduto la possibilità storica di riferirsi a una realtà pur minimamente adeguata alla *nobilitas* del suo significato – cui, del resto, si ostina caparbiamente ad alludere. Ma, nel medesimo tempo, la poesia si trova ad essere investita di un ruolo paradossalmente fondamentale: quello di instaurare, magari ricreandole *ex novo*, le pur esilissime connessioni vitali tra un "passato remotissimo" e l'odierno "futuro anteriore" di un rimorso che, pur percependosi come tale, non è oggi nemmeno in grado di spiegarsene la ragione.

Resta ferma, insomma, la convinzione che la poesia debba ostinarsi a costituire il "luogo" di un insediamento autenticamente "umano", mantenendo vivo il ricordo di un "tempo" proiettato verso il "futuro semplice" – banale forse, ma necessario – della speranza.

(2006)

Quasi una parte integrante del paesaggio

Colloqui con Nino

Chissà come, accade ancora nella vita di campagna che sia possibile ricollegare gli elementi più antichi e popolari del gioco a forme di espressione bizzarramente ma pienamente inserite nella cultura attuale, e coscienti delle contraddizioni che la travagliano. Avviene allora uno strano interscambio, un modularsi di due campi di esperienza secondo termini assai variati, ma che sempre hanno qualche titolo ad una forma di esemplarità: è vero che si tratta di eventi che stanno tra l'eccezionale ed il marginale, ma essi hanno una loro forza di stile e anche di provocazione.

Ecco Nino, un uomo dei campi molto vecchio, molto indipendente, in un angolo della provincia veneta, in una felice zona collinare, che però di anno in anno resta sempre più deturpata, mentre le strutture reali e le "forme visibili", paesistiche, della civiltà agricola si stanno sempre più modificando. Egli gode fama di indovino, profeta, botanico, poeta, astronomo e gastronomo ecc. (come risulta dal suo biglietto da visita) e non si rassegna ad abbandonare del tutto il suo podere, la sua vigna, fino a qualche anno fa meravigliosamente curati. Egli è vicino ai novantacinque, ma anche oggi, grazie alla sua eccezionale forza fisica, lavora, gira in bicicletta e in moto, si preoccupa di semine e di raccolti, si ostina a vantare l'assoluta preminenza dei suoi prodotti rispetto a quelli dei vicini. Ma egli è anche fedelissimo a una sua "tradizione personale"; non ha famiglia (una sorella, pure novantenne, viveva con lui – ora è rimasto solo, del tutto autosufficiente), così ha sempre dato grande importanza all'amicizia. E i riti dell'amicizia per Nino comportano ben dosate degustazioni di vini in comune, cene rassicuranti, garantite in quanto alla genuinità dei cibi, che egli sente minacciata, come tutta la realtà, minuto per minuto, dai deprecati dispensatori di «acidi, tossici, veleni», e poi lunghe sedute di conversazione durante le quali (spesso registrate al magnetofono) egli tiene banco, ed assume una parte di leader, centro di interesse, attore comico-sapienziale, dotato com'è di un fisico aitante eppure tutto scatti mimici.

Nino è infatti un tipo difficilmente inquadrabile: da una parte ha sviluppato una sua fantasia proliferante, ricchissima, deliziosamente folle, e in essa rielabora numerosi elementi dell'antica scienza contadina, contaminandoli, o meglio facendoli lievitare, con quanto apprende dalla televisione e dai giornali; d'altra parte ha un senso molto concreto degli affari, dei rapporti con gli uomini, della quotidianità, fino ad apparire e ad essere talvolta un "duro"; e volentieri assume atteggiamenti da conservatore forse per riequilibrare la sensazione di anarchismo (e quindi, nella sua cultura, di inattendibilità) che i suoi comportamenti potrebbero indurre. Ma quando egli si lascia andare alle sue fantasie, che creano sempre un crocchio di ascoltatori e "stimolatori", è preso da un vero e proprio rapimento di affabulazione mitica, specie se sono in causa la Luna con i suoi prodigi poteri ed epifanie, e in generale i fenomeni della natura, oppure il suo passato di *miles gloriosus* (divenuto, in tempo atomico, sempre più pacifista). Tuttavia lascia il sospetto di star montando questi castelli per il puro gusto di divertire la compagnia. Egli si destreggia con elegante ed imprevedibile disinvoltura, insinuando sempre qualche dubbio, tra la comicità volontaria e quella involontaria. Pare che riesca a coltivarle insieme, o partendo da un lampo creativo e distorcente (anche nelle coniazioni linguistiche) per poi assumerlo quale parte teatrale, o viceversa. Il fatto è che Nino è cresciuto sempre di più nel tempo realizzando davvero una nuova maschera entro una mai spenta tradizione della Commedia dell'Arte; e in tutta la zona, comunque lo si valuti, la gente ne segue le battute e le imprese con somma partecipazione e divertimento.

Memorabili sono state alcune feste: la sua incoronazione a «Duca della Rosada di Rolle» (*rosada* significa «rugiada», ed è anche un piccolo rivo), la località dove ha il podere, dopo una serie di ordalie e prove organizzate da Giovanni Comisso. Ecco la glorificazione per la patente automobilistica, ottenuta a settantacinque anni; e poi le celebrazioni dell'ottantesimo e del novantesimo compleanno, anzi genetliaco. Spesso i filmati di tali feste sono passati di casa in casa, rinnovando l'allegria degli eventi, purtroppo fino alla distruzione fisica della pellicola, per eccesso di proiezioni.

Comisso, così profondamente inviscerato nel mondo contadino, era appunto un assiduo frequentatore dei conviti ducali, ai quali partecipano anche ora "personalità", autentiche o fasulle non importa, mescolate a tutta la gente, non certo avara di commenti sempre ben assestati. Quanto al sottoscritto, deve forse a Nino, oltre che l'aver superato periodi psicologicamente difficili, la spinta a una confidenza per la manipolazione del linguaggio di cui egli è prodigo, quale inventore di tirate monorime conviviali e rielaboratore di antiche canzonette.

Figura insieme rappresentativa e senza paragoni, simbolo e sintomo, in bilico tra un passato fatto di angosciosi abbandoni e un futuro carico di paure e di promesse in ogni caso difficili da concepire, da sopportare, Nino fa quello che può: ma un ridere o un sorridere sempre tempestivi-intempestivi e pertinenti-impertinenti si ricollegano alla sua presenza. È certo che, contro tanta cupezza catatonica o febbricitanti pseudo-euforie che oggi circolano, le frontiere cui guarda Nino sono scintillanti di un'originaria benignità e tentano incessantemente di motivarsi. E lui trova sempre qualche nuova giustificazione al suo fare, ha qualche scheggia o sketch da aggiungere al suo repertorio, ha riserve di battute degne dell'umorismo freddo dei surrealisti, monta i più freschi *impromptu*, sa cogliere ogni minimo aspetto della realtà che possa autorizzare a accoglierla francamente, e a giocarla (ancora) al tavolo della buona speranza.

Memorabile è stata la sua entrata a colpo di vento nei festeggiamenti alla famosa scrittrice ed esploratrice inglese Freya Stark, quando le venne conferita la cittadinanza onoraria di Asolo, dove risiede da decenni. Letto sul giornale locale che Freya era una sua coetanea, ultranovantenne come lui, e mentre la compagnia gli faceva notare che quella poteva essere proprio «una toseta par ti», una pupa per te, essendo liberi entrambi, decise che almeno un omaggio dei suoi vini doveva presentarglielo, che non poteva restare estraneo a tanta occasione. E così, mentre in piazza d'Asolo le chiarine della Regina Madre (la fanfara era venuta apposta da Londra) facevano squillare tutti gli argenti delle loro note in onore della «Dame» circondata dalle autorità, Nino, dritto e sicuro, superati i cordoni e salito sul palco, le offriva due fiaschi del suo – per definizione – super nettare, e veniva ricambiato dall'abbraccio di Freya, talché i due restavano uniti come in una metafisica diapositiva, ben più vincente che qualsiasi matrimonio.

Nino continuò, finché rimase autosufficiente, a tenere al Caffè le sue "conferenze stampa" sui principali avvenimenti: mentre apprezzava l'aspetto e il portamento di Gorbaciov («quasi uno dei nostri») faceva notare che però era di certo «peverìn», un tipo che non si lascia facilmente intrappolare, pungente di pepe. Ma la sua attenzione di guaritore, empirico e botanico ecc., si spostava immediatamente sulla «voja da vin», sull'ampia macchia che la televisione enfatizza sulla fronte dello statista (e Nino la toccava col dito sullo schermo), perché lui aveva rimedi sicuri contro quel genere di voglia, unguenti speciali – che avevano fatto sparire un'enorme voglia persino a una vacca – e si rammaricava di non poter farli pervenire allo statista.

Ma ripercorrere anche solo alla lontana e in minima parte gli itinerari di Nino sarebbe impresa impossibile. C'è un Nino di gioventù, nei tempi della sua temibile forza fisica che lo aveva, dopo una serie di epici contrasti per fiere e mercati, condannato al «pugno proibito» (non poteva per decreto usare il pugno, nemmeno per difendersi, data la straripante, seppur non voluta, lesività dei suoi colpi). E c'è un Nino di guerra, tra zone medagliate ed altre più incerte, e comunque dilatate al punto che la compagnia lo aveva autorizzato a fregiarsi anche della Campagna d'Italia 1796/97 del Buonaparte; c'è un Nino agricoltore preso in competitività sofisticatissime, e poi c'è un Nino che, declinando l'età, sviluppa una saggezza sempre più sottile ed una sempre più limpida, primordiale generosità, che lo porta, il giorno del suo 90°, a offrire vino pane e salame a tutti sulla pubblica piazza. E c'è un Nino sempre più autorizzato, da vero eroe eponimo, per quanto sempre un po' noncurante, a farsi portavoce di una "storia parallela", già diventata favola, accanto e sopra quella vera, una storia in cui appaiono volti, vicende, nomi, *flatus vocis*, come barlumi inquietanti di un passato che si diffonde sul presente e insieme lo comprime e lo nebulizza. Volti e voci tutti colti in un attimo del loro insostituibile esistere – e per questo eterni anche nel vuoto senza rimedio del loro essere in parte scomparsi; storie che si implicano e si avviticchiano l'una all'altra attraverso i decenni, con risacche di rimandi, splendenti diverticoli, topologie colorite di slanci e ritorni a lacciolo, di ogni genere. Le compagnie di ieri sono anche "la compagnia" di oggi, quella che non manca mai intorno a Nino.

E lui, semplicemente, "si regge" senza nessuna pretesa di protagonismo, ormai consapevole dell'esistenza di un delicatissimo, per quanto impossibile, sistema di rapporti tra tempo ed eternità, consapevole della bellezza dei paesi dei fiori delle erbe e delle donne, che non tramonterebbe mai se non fosse per quei sopracitati «tossici, acidi, veleni», oggetto delle sue più accalorate invettive, che gli sfarinano sotto gli occhi l'antica natura onnipossente per il meschino delirio degli uomini d'oggi. Ma egli sotto-sotto non può credere a tutto ciò, è costituzionalmente lontano da simili non-prospettive. A chi lo ponesse davanti all'aporia totale, ad un faccia a faccia col rictus di una terminale degenerazione, saprebbe rispondere, come sempre ha fatto a chi gli poneva dilemmi cercando di metterlo in imbarazzo: «E tu?» puntando il dito alzato contro l'interlocutore, bloccando con un leggero e tagliente colpo, con bella agilità Zen, la tracotanza di ogni pseudosapere.

Intorno allo *specimen* delle gesta e delle parole di Nino che viene dato in questi dialoghi guai aprire strade laterali, guai seguire troppo il congiungersi delle radici sotterranee di queste storie. La dilatazione si farebbe incontenibile, traboccherebbe in mille rivoli, farebbe volar su scintille e cristalli dell'humus in cui il tempo ha precipitato e segmentato storie ed intrecci in un ambito che purtroppo creerebbe nostalgie di una *Recherche* dal cui possibile progetto, frustrato e mancato, qui non appaiono che casuali manciate di frustoli. Basterebbe solo introdurre per un attimo quel grande artista nella scultura e nella vita che fu Carlo Conte[17] per immetterci in un *roman* altrettanto importante, frizzante, scompigliato da sfolgoranti se pur diversissime germinazioni rispetto a quello di Nino, cui spesso di fatto si ricongiunse. E poi tanti altri: Bio, Gigetto, Bepo, Angelo Buda, per non dire di Palamede diplomato erbivoro all'università, e le molte altre amiche ed amici che appaiono più o meno costanti, nelle presenti trascrizioni. Anche queste, non programmate, spaziate dalla buona o mediocre voglia di continuarle, vagamente malfide, e un po' confuse (quanto basta) nella cronologia.

E non si dà certamente, in questi *Colloqui con Nino* un racconto della realtà anche durissima ed amarissima della vita contadina come si è ampiamente potuta raccogliere con meritevole e doveroso lavoro in questi decenni dalle bocche dei testimoni – ma si dà un lacerto di "storia del buonumore". E s'intende con questo termine quella straordinaria forza di sopravvivenza, quella follia sublime che porta alla sopravvivenza, al grande riso pur fra le tragedie, alla mai castrata mitopoiesi che da sempre riuscì a motivare i rivoli di lava della vita attraverso ogni forma di necrosi e catastrofi d'ogni genere. Una storia questa, assai poco documentata, perché si dà per scontato il riprodursi di questo "umore", di questa forza, nonostante ogni avversità. Ma oggi più che mai si comincia invece a dubitarne.

Tutti questi dialoghi ovviamente riescono sbiaditi, «fiapi» rispetto alla realtà. Perché, come si disse, Nino è prima di tutto un attore, e la sua mimica, come l'*excursus* dei toni della sua voce che raddoppia gli effetti dei vari livelli linguistici tra i quali egli si sposta dal rustico pievese, ad un "veneto" o "veneziano" da classe alta, ad un italiano spesso reinventato con destrezze di tipo folenghiano – qui vanno perduti, sgraziatamente, maledettamente, come vanno perduti gli sfondi, le skylines in cui fanno ressa le luci e i colori delle stagioni, sempre vogliosi di far parte essi pure della compagnia. Bisogna accontentarsi di un brusio, di una specie di rumore di fondo che si riferisce a Nino, e a tutti quelli che stanno intorno a lui: brusio comunque che un orecchio attento decifra abbastanza perché ne traspaiono i molti (i troppi?) sensi.

Miei componimenti che riguardano Nino hanno avuto la fortuna di essere talvolta accolti in antologie scolastiche. È capitato così che i bambini delle elementari abbiano letto e apprezzato particolarmente *Le profezie di Nino*. Questa poesia, che lo presenta nei vari momenti della sua attività agricola e conviviale, ha avuto l'onore di commenti illustrati da parte di questi bambini, che si sono rivelati all'altezza del protagonista per l'inventiva raffinatezza dei loro disegni, ognuno fortemente personale, vere propaggini misteriose del "fondo" e del paesaggio, straripanti di bellezza mai vista, di vigne i cui fogliami entrano luminosi perfino nelle cantine, a tentare accordi con la penombra e con i vini nascosti nelle botti.

Bravi insegnanti, attenti studiosi del costume veneto, della poesia e della pedagogia, hanno chiesto l'intervento di Nino per un colloquio con i loro alunni; e questi, entusiasti di vederlo trasformarsi da mito in realtà sotto i loro occhi, lo hanno bersagliato di domande e hanno immediatamente capito la sua personalità, entrando nel suo giro sospeso tra appropriata recitazione e voluttà di "rivelare" inventando a ruota libera. Ma non è forse questa una delle caratteristiche del vissuto infantile? L'autore della poesia e gli insegnanti hanno fatto da mediatori in questi dialoghi pieni di sorprese.

Nino resta così il testimone, colui che mette la firma sotto ad ogni fantasia e realtà, "per avallo", scrivendo senza occhiali la vita di tutta una zona per un tempo che ha in sé ormai l'autorità di un'altra dimensione, fuori da tutte le dimensioni. Ed è anche un tempo che pure ha in sé qualcosa di friabile, o di accartocciato, che è passibile dei più diversi incastri, e che pare vibri pericoloso e seducente come un'elastica corda tesa, sempre più giustificato in quella sua fuga da ogni *recherche* e dalla sua definitiva autorità, o, peggio, dai secchi obblighi etici di una biografia.

Nino buon cavaliere antiquo, giudice longanime, e anche sempre ammaliato nel profondo dal moderno e dalla novità, come da un'alba, attraversa la piazza, sempre con lo stesso tipo di vestito, in gennaio o in agosto, ed invita con naturalezza a andare avanti di buon passo; saluta la compagnia e tutti gli altri con ammiccante ossequio, sempre convinto di poter offrire a tutti in qualche modo, il suo incredibile privilegio. (Anni Ottanta-Novanta).

Ormai a lunga distanza dalla scomparsa di Nino, continuano ad emergere molti aneddoti assai caratteristici che lo riguardano. Si direbbe che questo è un altro suo modo per dimostrare la sua inesauribile presenza; egli è ormai quasi una parte integrante del paesaggio e il suo ricordo ha continue accensioni spontanee. Ciò che non ricorda uno, lo ricorda un altro, altri, e sono sempre novità intonate a Nino e al suo stile, anche se, ovviamente, i testimoni si riducono. Ma il "feudo di Nino", o il suo mito, pare ancora oggi aver la forza di rigenerarsi, di riapparire in una serie di metamorfosi o conferme, di continuità e si direbbe volentieri di metempsicosi.

E di recente sono rimasto sorpreso dall'affioramento nella mia memoria di un episodio abbastanza strano della mia infanzia. Nulla e nessuno potrebbe attestare la correttezza della supposizione che in questo episodio entrasse proprio Nino, ma ma ma... È una sera di anni molto lontani, io, bambino, vado alla latteria e sul far della sera il cielo assume un colore sempre più rosso. Un gruppo di persone, donne specialmente, guarda allarmato. Cresce il mormorio. Improvvisamente una persona aitante e sicura si fa avanti e dice ad alta voce: «Ah, fémene, no sté preocuparve. Questo che vedé (*e indica il cielo*) è un fatto causato dal sole che si specchia nel Mar Rosso».

Mi è inevitabilmente sembrato che il protagonista dell'episodio e del mio stesso ricorso di memoria non potesse che essere legato ad un ur-Nino che, già a quei tempi, aveva imboccato la strada della sua grande avventura di affabulazione che tanto sorridente o travolgente vitalità ha apportato nei molti che vi hanno partecipato, e di cui va ancora espressa un'immensa gratitudine alla sua memoria.

È ora qui di scusarsi col lettore del ritardo nella "sistemazione" di questi dialoghi, nonostante l'aiuto di tanti cari amici, e particolarmente di Luciano Cecchinel. Senza la sua intelligente, assidua, generosa presenza «no se sarìe mai rivadi a cao» nemmeno in questa "prima puntata".

(1987-2005)

Outcasts
(Prosa poetica su Cecchinel)

Il rivedere da vicino, leggere più sistematicamente *Al tràgol jért* di Cecchinel – che, parlando delle sue ossessioni, diverse ma pur molto simili alle mie, rivela tutta la deliziosa ingenuità/pusillanimità necessaria alla poesia?

Questo caro amico, che potrebbe essere mio figlio, mi fa ora un dono del tutto imprevisto con la sua poesia da elfo martirizzato, capace di resuscitare, a tratti, lampi di sapori Esenin, sapori Apollinaire, sapori Trakl; ma sempre però con un suo guardare, fissare, da miope che protende in avanti il volto con gli occhi verdini strizzati, tra curiosamente e ansiosamente verso "altri punti prospettici". Io riconnetto questi punti al suo dire così nervinamente gemmato su dal dialetto (il mio, il nostro).

Vedo nel suo dialetto il mio rarefatto reso quasi puntiforme da una naturale arcaicità, dovuta al puro e semplice maggior addentramento nella valle del Soligo, fino al Lago (senza altro nome), alla "riviera delle rose"? Lassù, sopra il ghiaccio dei due laghetti, all'altezza delle chiese fioriscono rose anche a Natale. Lo scorsi andando, lo constatai estasiato, credo nel '74 o nel '75, quando andai alla Sacra Rappresentazione davanti alla chiesa su in alto.

Cecchinel (anche il nome da elfo, come parve a Giosetta[18]) è ben degno di *inhabitare* in tutte queste zone che furono mie, e che egli, talvolta, mi riporta di colpo davanti, in certi suoi componimenti. Vorrei rivivere il suono della parola, toponimo, Tóvena come l'ha sentito lui nello stupendo componimento del *Tosat de crosèra*[19] – incantevole poesia, cui vorrei rispondere con un'altra poesia nel nostro dialetto, sull'instabile asse che unisce il Punto Mio e il Punto Suo del dialetto comune, in lui più antico e insieme (o per questo?) più giovane.

Certo mi ha aperto l'invito di una Tóvena che mi nutrì per tanti anni: e per di più mettendole vicino una *Nàdega* a me del tutto ignota ma quasi presentita. – Doveva esserci, come quella ragazza dagli occhi di «viole smaride», che era insieme un «pra biondo».

Ho avuto qui svelato uno dei più bei misteri della mia prima giovinezza e adolescenza, di tutti i viaggi in bici fatti a San Boldo. Quella io cercavo, quella ragazza, smarrita poi dal suo *tosat de crosèra*, e forse ritrovata in quel mondo di continue eruzioni della visualità, dell'inventività, del sogno per sogno per sogno.

Ed ora la ritrovo qui, fissata e rivelata in due versi e c'è, ed è inesauribile, indecostruibile.

E vorrei che fossimo in tre (Palazzeschi eravamo in tre) a girare per i valloni a cercarla, oltre Tóvena, per sempre. Anche a costo di finirla come *outcasts* perfetti?

(Inedito)

Tra viaggio e fantasia

Tra viaggio e fantasia

Avrei molto desiderato viaggiare, come hanno fatto Comisso, Piovene e Parise, ma in realtà di viaggi ne ho fatti pochi a causa della mia salute cagionevole e in primo luogo dell'insonnia, di cui ho sempre sofferto.

Quando ero piccolo, ho fatto vari tentativi di fuga da casa e, quando tornavo, erano scapaccioni in abbondanza. In famiglia, se sentivo che c'era qualcosa che non andava, mi rifugiavo nei boschetti circostanti, in particolare verso il *Molinetto*, un bel mulino del Cinquecento che si trova sopra Pieve di Soligo: allora la vallata che porta al *Molinetto* era ancora intatta...

Da giovane, poco dopo la fine della guerra, ho passato un periodo nella Svizzera francese, a Villars sur Ollon, nel Vaud, una cittadina situata sulle montagne sopra Losanna. Ero stato preceduto da un gruppo di emigranti trevigiani che avevano aperto la strada. Entravamo come *garçons d'office*, cioè sguatteri; tuttavia, i 150 franchi che guadagnavamo al mese, col cambio che vigeva allora (era il '47), rappresentavano uno stipendio favoloso per gli standard italiani. Ero partito dall'Italia lasciando un debito di due vestiti e un paltò, e dunque cercavo di spendere il meno possibile per poter saldare il conto una volta tornato. Facevo supplenza in un collegio, alle elementari e alle medie. È stata un'esperienza importante. Mi si chiedeva di insegnare tutte le materie e, per di più, allora, il mio francese non era impeccabile: posso dire di essere stato *corretto* dai ragazzi. Il collegio era guidato con mano di ferro da una signora che si faceva chiamare Mammina Luce. Ho anche scritto un racconto in proposito, *La scomparsa di Ciankì*, incentrato sulla sparizione di uno dei cani pechinesi della direttrice, che si chiamava Ciankì e che lei adorava come una sorta di semidio. Mi sono divertito a volgere in derisione l'intento encomiastico, paragonando Ciankì a Cinisco, il cane di Alessandro Magno. In ogni caso, sarebbero molti gli aneddoti da raccontare legati al mio soggiorno svizzero. Si aveva veramente modo di far correre la fantasia, anche perché, quando ero in collegio, i bambini erano tutti di alta estrazione sociale e venivano da vari Paesi europei (in particolare vi erano diversi figli di ambasciatori). Anche le brevi puntate che facevo a Ginevra o in Savoia diventavano subito luoghi della fantasia, sui quali io avrei potuto scrivere prosa più che poesia (naturalmente anche il Monte Bianco incombeva con tutto il suo fascino). Nei miei racconti puntavo su personaggi strani e bislacchi, oppure immaginavo di fare mestieri diversi. In uno di questi, ad esempio, mi presento come cocchiere a nolo e ho, come cliente, una signora un po' fuori di testa perché aveva avuto un grosso lutto. La signora mi mandava a chiamare nei momenti più strani...

Dalle montagne scendevo spesso a Losanna, dove prendevo parte alla vita culturale del posto e dove ho avuto anche occasione di ascoltare alcune conferenze di Gabriel Marcel. Dopo aver lavorato al collegio, venni assunto in un bar, prima per stare al banco e poi per svolgere la mansione di cantiniere: ho anche avviato un traffico di bottiglie in cambio di... vettovaglie. Una volta mi capitò di servire un caffè a Diego Valeri, che fu il mio primo maestro.

Tornato in Italia, dove volevo conseguire l'abilitazione all'insegnamento nelle scuole medie, sono andato spesso a Roma: dovevamo sostenere gli stessi esami anche tre o quattro volte e io mi sono abilitato in tutte le materie: italiano, latino, greco, storia e geografia.

Ho fatto viaggi abbastanza frequenti in Francia, dove le traduzioni di mie opere ebbero successo. A Parigi, che frequentai assiduamente per la conoscenza diretta che avevo di molti intellettuali, nel 1984 recitai al Théâtre de Chaillot alcuni miei testi; la stessa cosa feci nel 1986 al Beaubourg e all'Istituto italiano di cultura, in occasione dell'uscita dell'antologia *Du Paysage à l'Idiome* (1951-1986) a cura di Maurice Nadeau. Quanto all'Inghilterra, lo speciale alone inglese mi sfiorò quando, nel 1979, fui a Cambridge ad un congresso internazionale di poesia: eravamo ospiti in un college che mi attrasse per l'eleganza dei suoi rituali. Sono andato più volte anche in Germania perché ho sempre avuto una grande passione per Hölderlin, tanto è vero che sono stato costretto a scrivere una specie di divagazione su di lui nel Meridiano che raccoglie la sua opera poetica, curato da Luigi Reitani. Il tutto è cominciato con un'identificazione infantile strana: «Da ich ein Knabe war, / rettet' ein Gott mich oft / vom Geschrei und der Rute der Menschen»: «Quando ero un pargolo / un dio spesso mi salvò / dal baccano e dalla sferza degli uomini». Ho eseguito la traduzione di questi versi a quindici-sedici anni, dopo aver studiato un po' di tedesco per conto mio. Avevo una ripugnanza per i tedeschi come tali, ma una grande attrazione per i loro grandi poeti. Per me imparare le lingue non significava imparare a parlarle, ma imparare un bel numero di *poesie* scritte in quelle lingue. Mi viene in mente che a Hölderlin debbo due versi di una delle prime poesie della mia raccolta d'esordio, *Dietro il paesaggio* (1951) e che questi versi si riferiscono precisamente al tema del viaggio mescolato con quello dell'ispirazione apollinea della poesia:

O ruote e carri alti come luna
luna argento di sotterranei ceselli
voci oscure come le mie ceneri
e strade ch'io vidi precipizi,

viaggiai solo in un pugno, in un seme
di morte, colpito da un dio.

Di Hölderlin, nella plaquette *Mistieròi* (poi compresa in *Idioma),* ho anche parafrasato in dialetto veneto l'explicit della poesia da lui dedicata alla nonna, *Meiner verehrungswürdigen Grossmutter* («Kommen will ich zu dir; dann segne den Enkel noch Einmal, / Daß dir halte der Mann, was er, als Knabe, gelobt [Voglio venire a te: ancora benedicimi / perché un uomo mantenga ciò che un ragazzo promise]»):

Ma, voi, benedisè
ancora 'na òlta 'l vostro nevodet,
parché ades che l'é 'n òn, debòto consumà,
par voaltre 'l mantegne quel che, tosatèl, l'à lodà.
(Ma, voi, benedite
una volta ancora il vostro nipotino,
perché adesso che è un uomo, quasi consunto,
per voi mantenga quanto, bambino, ha lodato)

Appena finita la guerra, un mio amico, che si dava arie di gran conquistatore, mi propose di passare il capodanno a Vienna. Accettai anche perché era una bella occasione per vedere i luoghi dove era stato girato *Il terzo uomo,* il film di Carol Reed con Orson Welles nel ruolo di protagonista. C'erano ancora i russi a Vienna, c'era un settore russo, oltre che un settore americano. Successivamente sono stato a Berlino Est, dove si svolgeva un congresso letterario: ma avevo anche ricevuto lettere di amici che mi chiedevano libri proibiti dal regime. Siamo riusciti a introdurne clandestinamente una valigia, passando il celebre Check Point Charlie.

Nel periodo della primavera 1967 sono stato con Sereni, Fortini e Giudici a Praga perché era uscita un'antologia di poeti italiani contemporanei tradotti e pubblicati a cura dell'Associazione degli scrittori cecoslovacchi. Praga naturalmente voleva dire per me, come per tutti, Kafka, al quale avevo dedicato una conferenza tenuta a Pordenone nel lontano 1952: in quell'occasione avevo parlato soprattutto del *Castello*, una sorta di derisoria parafrasi della Bibbia. Intorno al 1970 sono andato anche in Romania con Augusto Murer. Ricordo che sulle strade vedevo transitare i camion con la scritta «pericol de foc», che può sembrare un'espressione dialettale veneta e che si spiega naturalmente con la comune base neolatina. Vedendo nevicare sui Carpazi pensavo alle poetiche stranezze della lingua romena: per esempio, «neve» si dice *zapàda*, mentre «nevica» si dice *ninge* e «fiocchi di neve» *fulgi*.

Non posso comunque dimenticare il Veneto: anche oggi, in cui sono costretto quasi all'immobilità, il Veneto coi suoi vari paesaggi, purtroppo minacciati dalla devastazione, rimane un inesausto cespite d'ispirazione.

I miei pellegrinaggi ai Colli Euganei sono un capitolo che spero ancora aperto, quasi Petrarca mi attenda nella sua terra di elezione: vorrei al proposito ricordare un mio sonetto di pura imitazione intitolato *Notificazione di presenza sui Colli Euganei*. Aggiungo qui che le continue manomissioni dei resti del poeta, anche se a scopo scientifico, hanno apportato di fatto a una vera e propria violazione.

Per quanto riguarda altri luoghi petrarcheschi, li ho sfiorati più di una volta, viaggiando in treno. In particolare mi ha investito il fascino del Monte Ventoso, oggetto di una lettera famosissima alla quale mi si pregò di scrivere una nota introduttiva, che mi lascia non del tutto convinto.

Accanto a Petrarca, Dante, sia nei frequenti incontri ravennati in occasione dell'autunnale Mercatino della Poesia, sia per un soggiorno particolarmente commovente in un'antica residenza del conte Pieralvise Serego Alighieri in Valpolicella in occasione del ritiro del Premio Masi[20]-Civiltà Veneta. Le sensazioni provate colà, per quel vago senso di una qualche "presenza reale" del sommo poeta, sono rimaste a tutt'oggi inespresse.

In tema di viaggi di fantasia, inesauribili nella loro ritualità quelli a Venezia sull'onda inventiva di Federico Fellini, che hanno quasi un prepotere sulle pur frequenti emozioni che scaturiscono in ogni animo che incontri la città magica. Ho potuto scrivere, inerentemente a questi stati d'animo, una meditazione per il libro fotografico di Fulvio Roiter *Essere Venezia*. E un suo luogo particolare ha anche il rifacimento a Cinecittà secondo l'abitudine-dogma del grande regista di non girare esterni.

Ad ogni modo i miei viaggi sono stati motivati soprattutto da interessi letterari, nel profondo attaccamento alle grandi figure della poesia.

Per concludere vorrei contribuire al Convegno con alcuni versi inediti intitolati *Verso London*:

2 dicembre   *Verso London*

Si rincorrono rincorrono
sotto la pioggia –
e ci distanziavamo sempre più
sotto la pioggia
neve pioggia
ma con abbondanti luci
di ferali inferi inclusi

che fatica – lei doveva
io non potevo
sempre più distanti ma
come nell'intuizione
di un inseguimento rovesciamento
che ci rendeva per sempre
sempre più distanti,
anche se il tuo minimo fiocchio,
neve, non la pioggia ne era causa –
e poi nel fondo l'autocorriera
e poi la piazza intera
vuota e vuota l'autocorriera.

Il ritorno solitario
..., voluto dal corpo
pinocchio malocchio
zoppastro di certo
e uno vecchissimo prossimo.

(2009)

A Vienna

I.

Se si entra a Vienna alla mattina (uscendo
da una notte stipata di rupi e di valli opache,
appena intuibili), si può avere la sensazione di
ritornare ad un passato che non è certo remoto,
ma che il nostro spirito vorrebbe già tale. L'aria
è necessariamente grigia e quasi sinistra, il treno
sfiora gli orli di una bidonville o dei suoi residui,
appoggiati a fondali tetri di rovine, al di là di
stradicciole dall'asfalto mangiato.

Ed ecco le scritte anglosassoni e russe: la
guerra dunque è appena finita, qui. Si ha l'angoscia di constatare, ancora, il sopravvivere di
una situazione che fu pure nostra, anche se qui
il contrappunto delle parole straniere viene ad
assumere per noi cangianze strane, per cui l'inglese finisce col sembrar familiare, mentre russo
e tedesco si compongono in una enigmatica e
deprimente ostilità. D'altra parte quel «Vienna» che accoglie alla stazione non è per i pove-
ri italiani, ma per gli anglo-americani, è parola

inglese, che, proprio per questo, risulta ironica ed umiliante, una specie di trabocchetto teso a farci cadere in una gaffe.

Si entra nella Südbahnhof, nera come un antro e corrosa negli intonaci, vero tempio della fuliggine, della miseria e della consunzione. Al di là della scontata bruttezza e sporcizia di tutte le vecchie stazioni, essa pare scaturire dalla terra come un'eruzione della lebbra che ha guastato l'anima e le viscere di questi paesi, o come un relitto di realtà atroci che non potranno mai essere del tutto dissolte dall'oblio. Fuori, la piazza è fatta deserta da un vento che spira freddissimo: saluto degno dell'Europa Centrale e dei suoi inverni, da immaginare tacitianamente foschi di selve e di nevi congestionate e aggressive. Vienna declina davanti al Nord con larghe strade, punge con zaffate di catrame e di disinfettanti, e poi, più umanamente, con sentore di cibi pingui e struttosi, che evocano fantasmi di abbondanza, di agi d'altri tempi. Odori "asburgici", giù di moda, che si ritroveranno spesso per la città.

Le immagini di miseria vanno dissipandosi, Vienna vive e si muove, anche se il suo "sangue" possa apparire lento e freddo come l'atmosfera. Il traffico automobilistico è piuttosto rado e come impacciato; spazi vuoti di gente e di macchine continuano a succedersi, sconfinando verso giardini rinsecchiti e stenti o verso le plumbee, morte file di palazzi. Eppure la città è in ripresa, una ripresa che, come quella dell'Austria in generale, appare meno "sfacciata", più onesta ed umile di quella della Germania. È inutile accennare ai negozi ben forniti o alla ricostruzione avanzata o ai radi mendicanti o al consolidamento della moneta effettuatosi in questi ultimi anni. Più interesserebbe vedere il senso e la possibile direzione di una ripresa spirituale, che certo non potrà mancare. Dicono che la Germania infernale e faustiana del nazismo abbia ceduto il passo, almeno nella Repubblica Federale, a un idillico mondo "settecentesco", paragonabile (con buona volontà!) a quello, cioè, dei principati ecclesiastici, confortati dal vino del Reno e da una lucente tolleranza liberaloide; a quello in cui una grassa bonarietà cominciava ad andare a braccetto con i nascenti amori per l'erudizione e per i libri solidamente rilegati (fra le "maschere" tedesche, questa è senza dubbio la più simpatica): ma sarà poi vero? È certo invece che all'Austria si può far credito senza tante esitazioni, perché essa, più che di una "conversione", avrebbe bisogno solo di una quiete che le consentisse di riprendere contatto con gli elementi più validi e umani della sua tradizione. È da notarsi che il razzismo, in Austria, non attecchì mai veramente, e che soltanto una minoranza di fanatici (o meglio lo straniero esercito germanico) riuscì a conquistare il potere, contro la volontà del popolo. E, senza voler accogliere la tesi di Franz Werfel che, nelle sue patetiche rievocazioni dei tempi della monarchia "imperial-regia", arriva a identificare l'"essere austriaci" con l'aver superato il demone nazionalistico nel nome dell'universalità, senza accettare questo mito dell'Austria come idea platonica, non si può tuttavia negare che nei loro tempi migliori gli Asburgo abbiano saputo tenersi all'altezza di un programma di governo abbastanza lontano, grazie ad un glaciale riverbero del Sacro Romano Impero, da pregiudizi nazionalistici, e che abbiano poi tentato di rivitalizzare i vecchi temi dell'universalismo medioevale con quelli del cosmopolitismo illuministico. E certo il loro stato plurinazionale costituì il massimo ostacolo al dilagare dello sciovinismo pangermanico.

Franz Werfel indicava nella federalistica Svizzera la "natural sorella" dell'Austria; e oggi, messa da parte definitivamente, in una tabula rasa disperante, qualunque velleità di rinascite militari ma anche superati gli choc economici sociali e psicologici succeduti prima al crollo dell'Impero e poi all'epilogo della non voluta avventura nazista, appare quasi ovvio il crearsi per l'Austria di un orizzonte programmatico di tipo svizzero, anche se lontano, per ora. Intanto... i cartelli pubblicitari incitano gli stranieri a godersi l'inverno austriaco e presentano immagini di comode, felici nevi sotto cieli azzurri, come se tutto il Paese fosse Tirolo; inoltre qui, a Vienna, certi quartieri, rimettendosi a nuovo, pulendosi e verniciandosi e scrostandosi, già modificano il loro tono di dignità ferrea, mutuato da ben altro mondo e conservatosi, non si sa come, attraverso tante vicende, e cominciano a somigliare alle città della Svizzera alemannica, veri poemi di un "buon ordine" un po' goffo, di una moderazione prospera, maestosa, bancaria (per lo meno in teoria). E speriamo che il resto venga.

Attraverso tutta la città, in tutte le dimensioni, in tutte le forme, nelle più svariate tonalità cromatiche e, alla sera, luminose, "canta" una scritta, questa volta sicuramente italiana: «Espresso». Sembrerebbe quasi che il termine, usato con tanto entusiasmo, tendesse a significare ormai, più che una bevanda, un certo tipo di locale che se ne onora, analogamente a quanto avvenne a suo tempo per la parola «caffè»: come a rappresentare persino spazialmente l'importanza che si attribuisce a questa ulteriore penetrazione nell'essenza del caffè stesso, avvenuta grazie all'ingegno italiano. Da ciò il premio a questo conferito con l'adozione spontanea, senza impaccio di traduzione, *sic et simpliciter* del termine «espresso». Un fenomeno, come si vede, da tener d'occhio, per noi, in quanto "trionfo" di un aspetto della nostra "cultura": tale quindi da consolarci dell'assenza quasi totale di libri, non dirò in italiano, ma di autori italiani, dalle vetrine delle librerie. Ciò naturalmente non esclude la presenza di una nostra nota fornitissima attrice sui cartelloni cinematografici, e ad apertura di giornale ci si accorgerà anche del non venir meno delle fortune di Guareschi. Si è data non molto tempo fa una riduzione per teatro del *Don Camillo* e il popolarissimo «Wiener Illustrierte» ne parlava col doveroso entusiasmo, tirando in ballo nientemeno che la letteratura universale (anzi, meglio, la *Weltliteratur*) come arricchitasi dei personaggi guareschiani. Diremo perciò col Foscolo che l'Italia, grazie a questi ambasciatori della sua vita spirituale ed alle sue macchine da caffè, continua ad avvolgere «regali allori alla servil sua chioma»: e rallegriamocene, lasciandoci cullare per le vie della città dal fin troppo suadente "invito all'espresso", anche se poi questo espresso viennese, a berlo, non ci sembri degno di una tal cotta. Merita molto maggior considerazione il vino locale, schietto, leggero, "generoso", e soprattutto scevro di quelle polverette e di quelle acque di cui gli osti italiani sogliono far beneficiare i nostri vini.

II.

A Vienna: si cammina dunque in una testa senza corpo, nel *caput* sopravvissuto di un mondo due volte defunto. Il traffico rado e come impacciato, l'abbandono quasi desertico di certe piazze sembrano gridarlo a gran voce. Eppure, anche sotto queste apparenze, qualche cosa comincia ormai a lavorare ed a sperare, al di là di tanto grigiore e delle soffocanti difficoltà: ma si ha la sensazione che ora si tratti di una "speranza" nella sua fase puramente biologica, che ancora non sa orientarsi né darsi esaurienti ragioni umane.

In altri tempi, quando gli imperi crollavano, le loro capitali venivano abbandonate con lo spostarsi altrove del "ciclone" vitale (e vien fatto di pensare alla fantomatica, immensa Roma sgretolantesi lungo i decenni del primo medioevo); nella nostra epoca, in cui fenomeni del genere non sono pensabili, l'uomo della strada si ostina spesso a contraddire gli impulsi della storia, si fabbrica, tenacemente o addirittura eroicamente, pretesti di vita, ne improvvisa ai luoghi che non ne hanno più. Vienna, enorme città elaborata in un processo secolare dal confluire dei fermenti più vivi di tutto un mondo, non decadde col venir meno di esso, anche se oggi, dopo la seconda catastrofe, la sua popolazione sia alquanto diminuita. La grande testa ghigliottinata, superstite, conta ancora su se stessa e ritesse nel suo circolo i suoi piccoli grandi traffici (si poté dire che nell'immediato dopoguerra i viennesi passavano il tempo a rivendersi reciprocamente vecchie cose inservibili), le sue cellule si sostengono e il sangue scorre, pigro, ma non decomposto. E tutto questo è molto se si pensa che l'attuale interruzione di ogni rapporto della metropoli con gran parte del mondo danubiano su essa gravitante (anche a non voler considerare tutti gli altri motivi) ne ha aggravato la situazione fino ai limiti dell'assurdo. Un assurdo che si respira insieme con l'odore di disinfettante e di catrame, con l'aria delle vie già imperiali, rapprese nell'angosciosa luminescenza che emana dal cielo ferreo del centro Europa. C'è qualche cosa di mostruoso in questi gangli carichi di storia e quasi "costretti" a vivere e a durare *in vitro*, nell'artificio; forse vi covano tossine di folle risentimento e di rimpianti isterici, capaci di manifestare il loro potere nel momento più inatteso. Non pare un caso che Hitler (anche se la massa degli austriaci fu ostile o passiva di fronte al fenomeno nazista) sia nato al confine tra Austria e Germania. E alla stessa Vienna Hitler poté far balenare un rinnovato destino, non più di guida sopranazionale, ma di centro tirannico della «Marca Orientale» germanica.

Ora, si diceva, la "speranza" di Vienna non sembra ancora aver trovato un senso spirituale, e forse il cercarlo è pretender troppo da una città che ha compiuto la sua "discesa all'inferno" in uno spazio storico incredibilmente ristretto. Potrà nascere dalla desolazione una "mente", come la sognava Franz Werfel, simile a quella della Svizzera?

Esistono gli dèi delle città umane, esistono le loro cangianti essenze. Ogni città ha le sue "epifanie", e quelle di Vienna sono tra le più affascinanti, si legano a momenti ed a "sapori" tra i più significativi dell'evoluzione della civiltà europea. Le epifanie di Vienna ci riaffiorano dalla memoria, mentre ci si perde nelle incerte visioni del suo inverno, brillano stampate in decalcomanie di favola, riprese dal fondo di letture o di racconti uditi nell'infanzia.

All'orlo dei piani scintillanti di neve (con «albe gelide» carducciane?) ecco la Vienna cattolica, aspra ed eroica dell'imperatore Leopoldo e delle guerre contro i Turchi: con un'Austria "italiana" per generali italiani e con la Sacra Cesarea Maestà che in Gorizia si trattiene a leggere i sonetti del friulano fra' Ciro di Pers, molto apprezzandone le squisitezze. E più avanti Maria Teresa, feconda e bonaria divinità dell'Olimpo di Schönbrunn, in un'altra Vienna, sana gentile e stillante miele mozartiano: il buon Metastasio (rimastovi cinquant'anni e più senza imparare il tedesco) è fissato per sempre nella «genuflessioncella di rito» alla sovrana, come in una figura di danza, come lo colse il giovane Alfieri, alfierianamente fremendone. E questo è Giuseppe II, duretto e pepato di droghe razionalistiche; e la sua Vienna si prepara ad accogliere (con miriadi di carrozze, cavalli e cavalieri, lacchè, paggi e damine, dalle mura fino all'orizzonte) qualche gran personaggio o addirittura il pontefice Pio VI: come non vederlo, il mite *peregrinus apostolicus* muoversi all'infruttuosa missione, salutato dai versi dell'abate Monti, attraverso Italia e Austria tutte reverenti e mobilitate ad ossequiarlo, città per città, sul lunghissimo itinerario?

Poi le immagini si fanno più cupe, meglio non pensare all'Austria grifagna, invidiosa e bisbetica dei tempi del Risorgimento, né alla città di quegli imperatori un po' tonti che si divertivano a fissare le razioni di fagioli ai prigionieri dello Spielberg. Eppure allo Spielberg c'era anche il vecchio Schiller...

San Silvestro. Il cielo della città si mette in linea con l'occasione e la neve, sempre più fitta con l'addensarsi delle tenebre, comincia a volteggiare. Il vento fa fremere agli angoli delle vie grappoli di palloncini multiformi dai colori intirizziti (un'altra "epifania": la Vienna dello zero assoluto e della tabula rasa su cui gema il dolcissimo, tisico falsetto del *Terzo uomo*), ed essi nel male segreto della fine dell'anno si arrischiano a risvegliare ingenuamente un clima di festa che non potrà mancare. Nelle piazze cominciano a luccicare gli alberi di Natale e si aggiungono alla chetichella gli sciami di insegne luminose, risucchiati dalle prospettive senza fine dei corsi, che oggi sembrano servire solo ad un gioco di dilettosa fantasia, ignara di secondi fini.

Questa notte vivrà qualche ora che non sarà per nulla differente da quelle inabissatesi al di là delle due guerre, Vienna potrà mostrarsi con la sua vecchia anima, nei suoi due contrastanti aspetti di città dalle tradizioni religiose e mistincheggianti e di patria del valzer e ideale sede di danze, rese più vivaci dal vino locale, che per schiettezza e calore non cede ad alcun altro. Con l'avvicinarsi della mezzanotte una folla quieta e allegra si riversa nel cuore della città, si ammassa lentamente nella piazza e nelle strade intorno alla chiesa di Santo Stefano, vi stagna in un educato chiacchiericcio. Ed ecco che cominciano ad alzarsi spontaneamente gli antichi, solenni canti dell'Austria (non saranno per caso quelli stessi che intenerivano il Giusti «movendo le penne» nell'«aer sacro» di Sant'Ambrogio?), mentre un'orchestra suona, dissimulata tra i merletti di pietra di un'alta loggia della chiesa. Poi dall'altoparlante una voce esorta, forse alla meditazione.

Ma è già mezzanotte. Squillano le trombe, si alzano più forti, a torrenti, i canti e gli evviva; la folla, invasa da una imprevedibile frenesia, si scompone in cortei gesticolanti e chiassosi. I palloncini tentano goffamente di alzarsi al cielo mentre, affievolendosi e svanendo il gelido fiato dell'Europa Centrale, più dolce e carezzevole la neve continua a cadere.

(1955)

Appendice

Andrea Zanzotto e... il Quartier del Piave

Questo è il Molinetto al quale io mi sono riferito in quei versi che risalgono ormai a tanti anni fa.[21] È una piccola opera, nel suo genere assai caratteristica, e potremmo dire che l'interesse e la bellezza del Molinetto non è in sé quanto piuttosto nel fatto di essere profondamente inserito nel paesaggio. Qui, infatti, in questa zona del Quartier del Piave – perché è una zona, non è un monumento il Quartier del Piave –, possiamo dire che troviamo ancora conservata quella profonda, viva partecipazione delle piccole opere umane alla carnalità stessa della terra, del paesaggio. E in effetti la vera opera d'arte si confonde con ciò che è artigiano – arte e artigianato in un tutto unico –; anzi, opere e giorni: quotidianità. La nostra zona del Quartier del Piave si può dire che è un esempio tra i numerosissimi che vi sono in tutta Italia, un esempio di questa collaborazione profonda tra l'uomo e la natura, di questa armonia per cui tutta una zona diventa opera d'arte.

Mai come oggi l'uomo si è staccato dalla natura, che oggi troviamo morente, condannata. Non ci sono parole sufficienti a parlare delle devastazioni del paesaggio.

Parlare di un'intera zona come di un'opera d'arte potrà sembrare esagerato per certi aspetti ma può contare se non altro a porre il problema di una certa realtà che comunque fu. Questo indovinare le ricchezze possibili di spazi fisici e cosmici in cui l'uomo poteva vivere e operare. Qui nel Quartier del Piave su una base popolaresca, così umile, naturalmente si sono fatti sentire anche gli influssi di una cultura di alto livello e nelle nostre zone qui intorno abbiamo appunto monumenti importantissimi come l'Abbazia di Vidor, sulle rive del Piave, l'altrettanto bella e famosa Abbazia di Follina, il castello di Cison di Valmarino che ha varie strutture datate in secoli diversi. Ce n'è anche qua, se si volesse andare a vedere, opere d'arte che sono di alto livello e che si raccordano perfettamente, vorrei dire, con questa miriade di piccole opere dolcemente artigianali che sono tutte apparentemente uguali eppure tutte infinitamente diverse l'una dall'altra. Questa gioia del fare, di questa possibilità offerta all'uomo nei momenti di riposo potremmo dire; perfino il contadino che a un certo momento crea un suo attrezzo con la gioia di renderlo un po' più bello, là troviamo quest'arte nascente, quest'arte che non ha bisogno di nulla e che rampolla su fino ai livelli più alti della cultura universale.

Ecco, da questo punto si può vedere il Quartier del Piave in tutta la sua bellezza. È il luogo, questo, più aperto e più ricco di prospettive di tutta la zona. Siamo di fronte alla antichissima Pieve di San Pietro di Feletto che si trova appunto sull'orlo del Quartier del Piave. Caratteristica di opere come questa, così profondamente radicate nella vita della comunità e ricche insieme di una loro profonda nobiltà espressiva, è quella di presentare appunto un documento della vita stessa della comunità. Noi troviamo ad esempio in questa chiesa numerosi strati di affreschi, almeno tre in qualche punto, che risultano ad esempio nell'abside come inestricabilmente confusi. In altri luoghi, in altre parti della chiesa li troviamo invece decifrabili ed è stato anche possibile strappare uno strato di questi affreschi e mettere in luce appunto dei tesori che erano nascosti. (Si passava una mano di bianco ogni volta che capitava qualche pestilenza. Questo ordine di imbiancare era la documentazione del passaggio della calamità, non solo pestilenze ma anche molti altri tipi di calamità, come il terremoto ad esempio, che purtroppo ha colpito questa bella chiesa). In ogni caso c'era anche il bisogno quasi di economizzare gli spazi, di usare sempre le stesse zone, usare i mezzi più alla portata di mano. C'era appunto quello stesso bisogno di parsimonia che connotava tutta la vita di queste comunità rurali. Ecco qui le belle pitture che sono di stile romanico-bizantino e che si ritiene appunto risalgano a quel periodo, alla fine del secolo XI, all'inizio del XII.

L'ampio dipinto che riscontriamo qui sulla parete destra presenta i dodici articoli del Credo. Qui nel piccolo, raccolto battistero appare un'altra serie di affreschi molto belli, di deliziosa ingenuità; parlano – questi affreschi – della vita di san Sebastiano. Nonostante la diversità dei tempi in cui questi affreschi sono stati eseguiti – o il Duecento o il Quattrocento – sono tutti riuniti da questo fondo di ingenuità, di freschezza, che attira una naturale simpatia. Si tratta di un'unità che arriva a coinvolgere tutta quanta la chiesa.

È assai interessante qui la serie di affreschi che sono anch'essi avvolti in un limbo di dolce anonimato, come quelli della chiesa. Ecco qua un rozzo sant'Antonio, una Madonna in trono col bambino, poi qui una deliziosa «Sacra conversazione», assai bella in certi particolari. Ma soprattutto c'è un affresco che merita veramente una grande attenzione, anche perché se ne ritrovano esempi piuttosto raramente, in Italia sono soltanto due o tre, poi nel Grigioni se ne ritrova qualcuno. Il tema è quanto mai affascinante e dall'affresco emana un senso di mistero, di enigma sotto certi aspetti. Il tema è quello del «Cristo della domenica», cioè il tema originario sta a significare tutti i dolori, in qualche modo, che vengono apportati al Cristo dall'infrazione del divieto del lavoro domenicale. Questa antica idea venne poi integrata in un senso del Cristo protettore delle arti e dei mestieri. Ma, appunto, resta questo senso di enigmatica ambiguità, in quanto noi vediamo tutti gli attrezzi del lavoro quotidiano, che per le masse dei tempi lontani erano così leggibili, così profondamente connessi alla loro realtà quotidiana – pare che da ogni attrezzo di lavoro parta una freccia che si configge nel corpo di Cristo. E noi non possiamo non sentire in questo fatto un'allusione all'immensità, alla terribilità del dolore connesso alla fatica quotidiana dell'opera umana, dell'opera di queste plebi rurali, di queste masse, di questo vero sangue dell'uomo che, appunto, trovava modo di dare vita poi a tutta la società, a tutta la grande creazione della bellezza che era fruita soprattutto dalle classi superiori. Al di sotto quindi di questa meravigliosa bellezza che si concreta in paesaggi e in opere d'arte sublimi c'era anche questa immane fatica.

Ecco, quindi, là: da ogni strumento di lavoro, una fonte di dolore. È un tema che fa pensare, è un tema su cui anche oggi c'è da meditare più che mai.

(1974)

Note

¹ Il termine *biologale* compare anche nell'*Ecloga V* della raccolta zanzottiana *IX Ecloghe* (1962); scriveva allora Zanzotto in una nota: «biologale sta a biologico come teologale a teologico». Andrea Cortellessa commenta il neologismo zanzottiano avvicinandolo alla sfera dell'«irriducibile sacertà del vivente colto nelle sue fibre minime». Nel nostro caso la frase è probabilmente da intendere nel senso che gli individui e le comunità, alla cui formazione il paesaggio dà un contributo fondamentale, arricchiscono a loro volta il paesaggio di una qualità spirituale che trascende la mera esistenza fisica e biologica degli aspetti che lo compongono.

² In dialetto veneto: cogliere nel segno.

³ Termine del dialetto veneto che indica, come scrive altrove lo stesso Zanzotto, «la lingua vezzeggiativa con cui le mamme si rivolgono ai bambini piccoli, e che vorrebbe coincidere con quella in cui si esprimono gli stessi».

⁴ Citazione dalle *Bucoliche* di Virgilio: «cara deum suboles, magnum Iovis incrementum», "rampollo amato degli dèi, grande discendenza di Giove" (*Ecloga* IV, 49). Virgilio si rivolge in questo modo al miracoloso fanciullo che avrebbe inaugurato con la sua nascita l'età dell'oro. Zanzotto utilizza il sintagma, diventato quasi proverbiale, per connotare la figura umana armoniosamente "sbocciata" al centro del paesaggio nella pittura veneta.

⁵ Marco Boschini, pittore e "storico" della pittura veneziana, pubblicò nel 1660 *La carta del navegar pitoresco*, un poema in quartine incentrato sull'opera dei pittori operanti

a Venezia dalla fine del Quattrocento alla metà del Seicento. La citazione che riguarda Giovanni Bellini è ricavata da Zanzotto dal passo seguente: «E sicome d'Amor tuto deriva, / E l'Omo, e i Animali, e i fruti, e i fiori, / cusì quel Zambelin, coi so colori, / E' stà 'l primo a formar pitura viva. / Zambelin se puol dir la primavera / Del Mondo tuto, in ato de Pitura, / Parché da lu deriva ogni verdura, / E senza lu l'arte un inverno giera». La citazione riguardante Cima è invece tratta da quest'altro passaggio, che Boschini dedica alla pala realizzata da Cima con S. *Giovanni Battista e i Santi Paolo, Girolamo, Pietro e Marco* per la chiesa veneziana della Madonna dell'Orto: «Vardè quel San Zuane e quel San Piero! / Mo quel San Paulo (a confessar el vero) / Par che con la Natura el se afradela» (si cita dall'edizione critica del testo curata nel 1966 da Anna Pallucchini).

[6] Zanzotto cita dalla traduzione, stampata a Venezia nel 1749 presso Giambattista Pasquali, della *Cyclopædia, or an Universal dictionary of arts and sciences* di Ephraim Chambers, al cui modello si ispirò inizialmente l'*Encyclopédie* di Diderot e d'Alembert, ricordata subito dopo.

[7] *Micromegas* è il gigante protagonista del racconto *Micromégas* (1752) di Voltaire. Esiliato dalla sua stella Sirio, Micromégas viaggia tra i pianeti e raggiunge anche la Terra (da lui definita un «formicaio»), dove ha l'occasione di dialogare con alcuni filosofi, il più superbo dei quali sostiene – suscitando l'ilarità del gigante – che l'universo intero sia stato creato unicamente in funzione dell'uomo.

[8] Zanzotto si riferisce a una serie di "visioni" della città del futuro (chiamata appunto «Nuova Babilonia») ideate in quegli anni, sulla scia dell'informale, dal pittore e architetto olandese Constant Anton Nieuwenhuys (in arte Constant). L'uomo liberato dalla costrizione del lavoro, sosteneva Constant, non avrebbe più avuto bisogno di città statiche e funzionali, ma di centri flessibili destinati ad accogliere temporaneamente flussi di persone in continuo e libero spostamento da un luogo all'altro del pianeta.

[9] *Marco* è Marco Munaro (1960), poeta e amico di Zanzotto, sua "guida" nelle escursioni sui Colli Euganei che ispirarono la sezione *Euganei* dell'ultima raccolta poetica zanzottiana, *Conglomerati* (2009), oltre che la seconda poesia del dittico *Adempte mihi* (*Sopra i colli di Este*) in *Sovrimpressioni* (2001).

[10] *Giulio* è lo scrittore Giulio Mozzi (1960), che aveva allora da poco pubblicato la raccolta di racconti *La felicità terrena*.

[11] *Guidi* è il pittore e poeta Virgilio Guidi (Roma 1892 – Venezia 1984).

[12] Il *memorabile scritto* di Goffredo Parise cui Zanzotto si riferisce è il testo che accompagna il volume fotografico di Fulvio Roiter, *Laguna*, Udine, Magnus, 1978. Parise individuava nelle valli e nelle barene della laguna l'«*habitat* ideale per i *déracinés* di tutto il mondo, se ancora ce ne sono».

[13] Alla luce del concetto di «dromologia» il filosofo Paul Virilio (Parigi, 1932) interpreta il progresso del mondo occidentale, dall'età feudale in poi, come un vortice di movimento – specialmente ma non soltanto bellico – che impone alla società di evolversi a una velocità sempre maggiore, con effetti potenzialmente catastrofici che finiscono per impedire agli individui e agli stati la libertà nelle scelte (cfr. P. Virilio, *Vitesse et politique: essai de dromologie* [1977], trad. it. di Luigi Sardi-Luisi *Velocità e politica. Saggio di dromologia*, Milano, Multhipla, 1981).

[14] Citazione evangelica da Luca 19, 40. All'ingresso in Gerusalemme, Gesù, richiesto dai farisei di rimproverare i suoi discepoli che esultano e lodano Dio a gran voce, risponde: «Vi dico che, se questi taceranno, grideranno le pietre». È proprio rifiutando il piano dell'espressione convenzionale, sostiene cioè Zanzotto, che gli artisti dell'informale esprimono una maggiore energia di comunicazione, pur in forme disaggregate.

[15] Giovan Battista Pellegrini (1921-2007), Aldo Luigi Prosdocimi (1941), Gianfranco Folena (1920-1992), Gaetano Cozzi (1922-2001): linguisti i primi tre, storico il quarto; hanno tutti insegnato – Cozzi per un periodo più breve – all'Università di Padova.

[16] Giuseppe Flucco (1859-1930), autore di poesie e racconti umoristici in dialetto veneto.

[17] *Carlo Conte* (1898-1966), scultore e pittore amico di Zanzotto.

[18] *Giosetta* è la pittrice Giosetta Fioroni (1932).

[19] La poesia di Luciano Cecchinel in cui compare il *tosat de crosèra* («un povero ragazzo di crocevia», compagno di vagabondaggi sulle colline) si intitola *Tóvena via là sote Nàdega*, ed è inclusa nella raccolta *Al tràgol jért*, pubblicata una prima

volta nel 1988 e poi, ampliata, nel 1999 presso Scheiwiller con una lunga postfazione di Zanzotto. Il poeta Cecchinel (1947), legatosi nel tempo a Zanzotto di una profonda amicizia, è originario di Revine-Lago, paese a pochi chilometri da Pieve di Soligo, ed è autore di diverse raccolte in dialetto e in lingua.

[20] *Premio Masi*: Zanzotto lo ricevette nel 2001. Nell'esordio del discorso pronunciato in quell'occasione il poeta rilevava come «molte parti» della Valpolicella e del Veronese si fossero conservate «abbastanza immuni dalla lebbra che ha invaso di recente per un'industrializzazione eccessiva e troppo rapida tutto il Veneto rendendo particolarmente terribile la percezione del paesaggio spesso veramente devastato».

[21] Versi tratti dalla poesia intitolata *Con dolce curiosità* – pubblicata nella prima raccolta zanzottiana, *Dietro il paesaggio* (1951) – che Zanzotto legge per stralci all'inizio del documentario. L'antico Molinetto della Croda si trova a Refrontolo, a pochi chilometri da Pieve di Soligo.

M.G.

Notizie sui testi

Il progetto editoriale e il titolo del libro sono da attribuire al curatore. La distribuzione dei saggi nelle sezioni del libro e il loro ordinamento all'interno delle sezioni rispondono a considerazioni di ordine tematico più che cronologico. I titoli di sezione sono ricavati dai saggi raccolti nel presente volume, con l'intento di dare all'insieme testuale una struttura coerente, dal punto di vista semantico e stilistico, anche nel paratesto.

La prima sezione della raccolta, *Una certa idea di paesaggio*, presenta tre saggi che inclinano ai modi della filosofia e dell'estetica, e pongono delle premesse "teoriche" rispetto alle quali i saggi della sezione seguente, *Mio ambiente natale*, si potrebbero leggere come applicazioni "sperimentali", condotte su paesaggi collocabili tra le Dolomiti e le Lagune: in un'area, cioè, latamente e poeticamente ascrivibile al Veneto di Zanzotto, espansione o "aura" del suo «ambiente natale», appunto, o «territorio poetico» – secondo un'altra definizione dell'autore –, che coincide con la zona che si estende dai rilievi a nord di Pieve di Soligo fino al Piave e al Montello. La terza sezione, *Un'evidenza fantascientifica*, raccoglie testi che si riferiscono agli stessi luoghi "lodati" e descritti nella sezione precedente – e già immortalati negli sfondi della grande pittura veneta del Cinquecento – ma in un'ottica che all'immedesimazione lirica ed emotiva coi paesaggi sostituisce la critica degli interventi antropici che, dalla fine degli anni Cinquanta in avanti, hanno prima intaccato e poi gravemente compromesso l'equilibrio estetico e ambientale dei luoghi amati da Zanzotto, conferendo loro una connotazione «fantascientifica» e virtuale. Sotto il titolo *Quasi una parte integrante del paesaggio* sono riuniti i profili di due figure (quelle dell'agricoltore Nino Mura e del poeta Luciano Cecchinel) che emergono per così dire naturalmente, con la loro caratterizzazione umana e linguistica, da luoghi del circondario zanzottiano. Infine, a testimoniare che il radicamento di Zanzotto nei propri luoghi è in tensione con un "altrove" non solo immaginario ma talvolta anche fisicamente e storicamente connotato, si presentano nell'ultima sezione, *Tra viaggio e fantasia*, un antico *reportage* su Vienna preceduto da una recente divagazione sul tema del viaggio, compiuto o sognato.

La maggior parte delle prose qui pubblicate è riproposta col titolo originario. Nei casi in cui il titolo mancasse o nel nuovo contesto risultasse privo, del tutto o quasi, di connotazioni, o non fosse attribuibile a Zanzotto (è così per i due scritti su Vienna), si è introdotto un nuovo titolo avendo cura di usare espressioni zanzottiane ricavate dai saggi in questione. Ciò è stato fatto per cinque dei testi della raccolta: *Verso il montuoso nord*, *Colloqui con Nino*, *Outcasts*, *A Vienna* (I e II) – se ne vedano di seguito le singole schede.

Gli interventi sui testi sono limitati a normalizzazioni grafiche, correzioni di refusi ed emendamenti minimi. Nessun taglio è stato operato per evitare "ripetizioni" e ridondanze tra un saggio e l'altro; del resto l'unico caso sostanziale si riscontra nel primo paragrafo della prosa *Ragioni di una fedeltà* (1967), che Zanzotto riprende dal testo *Architettura e urbanistica informali* del 1962, ma intervenendo e riscrivendo non poco, sicché il raffronto tra i due passi potrà eventualmente suggerire al lettore qualche considerazione sul modo in cui Zanzotto rielaborava e ampliava, anche a distanza di pochi anni, le sue riflessioni.

Rimangono esclusi da questa raccolta scritti zanzottiani pure inerenti al tema dei luoghi e dei paesaggi ma non interamente riconducibili, per diverse ragioni, ai criteri in base ai quali sono stati raccolti e ordinati i materiali inclusi nel libro. Si tratta – segniamo per brevità un discrimine grossolano – di testi che non hanno lo stesso "passo" saggistico di quelli selezionati per il volume: alcuni di essi sono infatti contraddistinti da un taglio prevalentemente narrativo, altri si configurano come brevi prose lirico-atmosferiche, altri ancora sono recensioni di saggi o di libri fotografici sul paesaggio. Li segnaliamo comunque di seguito, iniziando dal racconto autobiografico *Premesse all'abitazione* (pubblicato per la prima volta nel 1964, ora alle pp. 1027-1050 del "Meridiano" Mondadori*), punto di concentrazione importante dei temi zanzottiani del luogo e dell'abitare. Bisogna poi ricordare due testi "sparsi": la recensione al volume di Eugenio Turri, *Weekend nel Mesozoico* (*Weekend nel mesozoico tra dinosauri risuscitati*, nel «Corriere della Sera» del 27 agosto 1993) e il breve articolo *Terra, dono immenso ferito dall'uomo*, pubblicato nel mensile «Luoghi dell'infinito», n. 82, febbraio 2005, p. 5. Si può reperire in una recente riedizione delle prose zanzottiane la prosa lirica *Il vigneto* (in *Sull'altopiano. Racconti e prose [1942-1954] con un'appendice di inediti*

---

* A. Zanzotto, *Le poesie e prose scelte*, a cura di Stefano Dal Bianco e Gian Mario Villalta con due saggi di Stefano Agosti e Fernando Bandini, Milano, Mondadori, 1999 (collana «i Meridiani»). D'ora in poi ci riferiremo a questo volume chiamandolo semplicemente il "Meridiano".

giovanili, a cura di Francesco Carbognin, Lecce, Manni, 2007); le prose *Cadenze, Gennaio, Rinascite di colline, Giugno, Attraverso il Cansiglio* si devono leggere invece in una edizione precedente (*Sull'altopiano e prose varie*, introduzione di Cesare Segre, Vicenza, Neri Pozza, 1995; la sola *Cadenze* compare anche nel "Meridiano").

Una prima fase di questo lavoro di raccolta di prose di Zanzotto sul paesaggio risale al 2008. L'Istituto Veneto di Scienze Lettere e Arti di Venezia pubblicava allora, in occasione del convegno «La trasformazione dei paesaggi e il caso veneto» (Venezia, 6-7 marzo 2008), un volumetto fuori commercio intitolato *Pagine di paesaggi*, contenente, oltre a due saggi di Gherardo Ortalli e di Anna Ottani Cavina, una selezione di scritti sul paesaggio di Giovanni Comisso, Mario Rigoni Stern e Zanzotto. Mi venne affidato l'incarico di scegliere e introdurre brevemente un gruppo di prose e poesie di Zanzotto; il poeta, allora ottantasettenne, non contribuì direttamente alla scelta dei testi ma ne verificò e approvò il risultato. La ricerca proseguì con lo spoglio di periodici, il vaglio dei cataloghi *on line* e delle informazioni reperibili in rete, e qualche sondaggio tra le carte del poeta, che in due occasioni mi permise di accedere all'archivio conservato nella sua abitazione di Pieve di Soligo. Tra gli strumenti bibliografici utilizzati, devo citare soprattutto quelli approntati da Piero Falchetta, *Saggio di bibliografia per Andrea Zanzotto*, in «Quaderni Veneti», n. 4, 1987, pp. 7-46; Velio Abati, *Andrea Zanzotto. Bibliografia 1951-1993*, Firenze, Giunti, 1995 (e, dello stesso Abati, la *Bibliografia* inclusa nel "Meridiano"); Lucia Conti Bertini, *Andrea Zanzotto o la sacra menzogna*, Venezia, Marsilio, 1984, pp. 143-151.

Una certa idea di paesaggio

Il paesaggio come eros della terra
Pubblicato nella miscellanea di studi raccolti dal Gruppo Giardino Storico dell'Università di Padova nel volume *Per un giardino della terra*, a cura di Antonella Pietrogrande, Firenze, Olschki, 2006, pp. 3-7.

Potrebbe risultare parzialmente lacunoso, alla lettura, il passo in cui Zanzotto propone un parallelismo tra uomini e dèi; lo si leggerebbe forse meglio con l'integrazione qui proposta in corsivo tra parentesi quadre:

Tuttavia l'essere umano "progetta" qualche cosa e, così facendo, si colloca nella "presunzione", assumendo il tipico atteggiamento birbonesco e infantile, anche cialtronesco se vogliamo[, *di certi dèi*] (non dimentichiamo quanto gli dèi cialtroni siano importanti a cominciare da Mercurio, e ricordiamo ancora Ungaretti: «Per un Iddio che rida come un bimbo», ma un bimbo che sa anche essere un *enfant terrible* particolarmente atroce)

Va considerata, in ogni caso, una certa componente di oralità del testo, che nasce da una conversazione zanzottiana registrata e trascritta da Francesco Carbognin, poi riveduta da Zanzotto: è il motivo per cui proponiamo l'integrazione in nota e non direttamente a testo.

Un paese nella visione di Cima

Pubblicato nella rivista «La Provincia di Treviso», a. V, n. 4-5, luglio-ottobre 1962, pp. 31-32, numero speciale dedicato alla mostra su Cima da Conegliano che si tenne a Treviso, a Palazzo dei Trecento, tra il 26 agosto e l'11 novembre 1962. La prima parte del testo venne ripubblicata, col titolo *Umanità del paesaggio veneto* e poche varianti trascurabili, nel periodico «Lettere Venete», a. III, n. 9-12, gennaio-dicembre 1963, pp. 97-98, e nel volume *Il paesaggio veneto*, Cittadella, Bertoncello, 1963 (catalogo del "Secondo Premio biennale di pittura Giorgione", della cui giuria Zanzotto faceva parte). Profondi i legami tra questo saggio e la poesia *Ecloga V* della raccolta *IX Ecloghe*.

Verso-dentro il paesaggio

Il testo, datato febbraio-marzo 1987, compare qui per la prima volta nella redazione originaria in italiano, che si trascrive dal dattiloscritto – recante correzioni di mano dell'autore – custodito nell'archivio Zanzotto a Pieve di Soligo. Lo spunto per le idee elaborate nel saggio venne a Zanzotto dalla visita alla collezione dei dipinti di Camille Corot conservati al Musée des Beaux-Arts di Reims. La traduzione francese fu stampata in un elegante volumetto: A. Zanzotto, *Vers-dans le paysage*, traduit de l'italien par Philippe Di Meo, Creil, Dumerchez, 1994. Col titolo *Verso, dentro il paesaggio*, il saggio è stato poi pubblicato in Italia nel periodico «Ipso Facto. Rivista d'arte contemporanea», n. 6, gennaio-aprile 2000, pp. 107-115, ma in una redazione approssimativa dalla quale prescindiamo, poiché essa risulta con ogni evidenza una ri-traduzione, non attribuibile a Zanzotto, dal francese all'italiano.

Nella *plaquette* francese è inserita una cartolina che riproduce una foto di Andrea Zanzotto scattata sul Montello da Vincent Muracciole; sul retro della cartolina si leggono interessanti note di Zanzotto sul suo rapporto col paesaggio. Le riportiamo: «Le paysage est, pour moi, une chose d'une profondeur infinie. Il n'y a jamais un paysage qui n'emboîte en lui-même une quantité d'autres paysages. Car, l'ensemble de ce que nous avons envisagé comme paysage est seulment un reflet de quelque chose qui est en nous. C'est nous qui créons le paysage. Avant même qu'il ne devienne concret. Avec le choix que fait l'oeil qui regarde. Ensuite, si on passe dans le champ de la parole, le paysage devient un paysage mental. Je n'ai jamais eu la sensation du lieu comme quelque chose qui ensevelit mais, au contraire, comme un point de départ très sûr qui peut donner la volonté d'aller loin. Peut-être n'ai-je pas eu la chance ou la volonté de bouger, mais je maintiens le regard vers des horizons qui sont infinis puisque'ils restent inexplorés».

Mio ambiente natale

Verso il montuoso nord
Scritto nel dicembre 1995 e pubblicato senza titolo come prefazione a un'edizione in volume della celebre lettera petrarchesca del Ventoso (Francesco Petrarca, *'La lettera del Ventoso'. Familiarium rerum libri* IV, *1*, Traduzione di Maura Formica, Commento e note di M. Formica e Michael Jakob, Verbania, Tararà, 1996, pp. V-VIII).

Una diversa versione del testo, determinata da variazioni formali e da modesti tagli e inserti, è apparsa, col titolo *I nostri monti, perenne fonte di vitalità nel vero e nel sogno*, nel volume *Montagna è salute. Medicina ambiente ed economia* (Atti del convegno di Cortina d'Ampezzo, settembre 1997), a cura di Nicoletta Capuzzo e Giuseppe Manoli, Martellago, Grafiche Biesse, 1998, pp. 17-22.

I versi riportati alla fine del saggio sono tratti dalla poesia *Faine, dolenzie,* ΛΟΓΙΑ, compresa nella raccolta zanzottiana *Fosfeni* (1983).

Ragioni di una fedeltà
Pubblicato nel volume *Abitare in campagna. Il Feltrino*, Padova, Marsilio, 1967, pp. 17-20. Il libro raccoglieva contributi di studiosi e scrittori (tra i quali Giovanni Comisso e Silvio Guarnieri) in occasione della mostra fotografica omonima allestita a Pedavena (Belluno), villa Pasole-Berton, tra il 3 settembre e il 15 ottobre 1966. Mostra e libro, curati da Italia Nostra, sezione di Feltre, si proponevano di illustrare, in un'ottica di tutela e valorizzazione, il patrimonio storico-artistico costituito dagli insediamenti residenziali rustici e spontanei del Feltrino. Il testo è stato ripubblicato senza varianti in un volume del 2006, *Coscienza e conoscenza dell'abitare ieri e domani. Trasformazione e abbandono degli insediamenti nella Val Belluna* (si veda la scheda relativa alla prosa *Sarà (stata) natura?*).

Colli Euganei
Pubblicato nel «Corriere della Sera» del 28 settembre 1997 col titolo redazionale *Sulle tracce di Laura perduta*; poi, col titolo *Colli Euganei*, nella sezione «Altri luoghi» del "Meridiano", pp. 1079-1084.

Venezia, forse
Scritto nel 1976 e pubblicato nel volume fotografico di Fulvio Roiter, *Essere Venezia*, Udine, Magnus, 1977. Ripubblicato, da ultimo, con poche varianti grafiche e interpuntive, nella sezione «Altri luoghi» del "Meridiano", pp. 1051-1066; riproduciamo il testo seguendo questa redazione.

Lagune
Pubblicato senza titolo nel volume fotografico *Lagune* (Venezia, Marsilio, 1997) che ha per autori il fotografo Fulvio Roiter, Hermann Hesse, Andrea Zanzotto; il saggio di Zanzotto si trova alle pp. 10-15. Il testo di Hesse riprodotto nel libro Marsilio risale a un viaggio del 1901 e si può leggere anche, col titolo *La laguna*, nel volume H. Hesse, *Dall'Italia. Diari, poesie, saggi e racconti*, a cura di Volker Michels, traduzione di Eva Banchelli e Enrico Ganni, introduzione di E. Banchelli, Milano, Mondadori, 1990, pp. 41-44. La citazione di Zanzotto da Hesse è in parte da integrare e riordinare; riportiamo per intero il passo cui Zanzotto si riferisce: «L'acqua della Laguna, il cui colore di fondo è un verde chiaro molto simile a quello del Reno, ha in tutto e per tutto le qualità luminose delle pietre opache, in particolare dell'opale. Il riverbero è molto impreciso; le luci forti, per contro, provocano sulla superficie apparentemente smorta

riflessi davvero sorprendenti. Stupisce scoprire quanto questo specchio lattiginoso sia enormemente sensibile alla luce. In quel momento il sole gli conferiva una luminosità opaca e uniforme che tuttavia, nei punti dov'era sollecitata dalle barche o dai colpi dei remi, si accendeva di accecanti fuochi dorati».

Un'evidenza fantascientifica

In margine a un vecchio articolo
Pubblicato nel volume *Il grigio oltre le siepi. Geografie smarrite e racconti del disagio in Veneto*, a cura di Francesco Vallerani e Mauro Varotto, Portogruaro, Nuova Dimensione, 2005, pp. 151-153. Il libro raccoglie una parte dei contributi presentati al convegno «Geografia e narrazione del disagio. Il Veneto e i nemici del paesaggio», tenutosi il 14 giugno 2003 a Sernaglia della Battaglia (Treviso), al quale il poeta partecipò. Il testo di Zanzotto è concepito come autocommento all'articolo del 1962, *Architettura e urbanistica informali* (che riproponiamo anche nel presente volume: si veda la scheda seguente), riprodotto alle pp. 153-157 de *Il grigio oltre le siepi*.

Architettura e urbanistica informali
Pubblicato ne «La Provincia di Treviso», a. v, n. 3, maggio-giugno 1962, pp. 36-38, con un

corredo di cinque fotografie che rappresentano alcuni esempi dei primi squilibri nell'assetto urbanistico, residenziale e paesaggistico del Trevigiano. Quattro delle didascalie che accompagnano le foto hanno un tono tra l'ironico e il sarcastico e sono probabilmente da attribuire a Zanzotto.

L'articolo ricompare nel 2005 nel volume sopracitato *Il grigio oltre le siepi*, col titolo *Il vecchio articolo* e con l'aggiunta in calce di versi zanzottiani del 2005 e del 1952 messi a confronto (i versi datati 2005, allora inediti, sono stati poi pubblicati nel 2009, con una variante, nella raccolta *Conglomerati*; i versi del 1952 appartengono alla raccolta *Elegia e altri versi*, pubblicata nel 1954, precisamente alla quinta parte della poesia *Ore calanti*, dove però si legge «mia poca vita» anziché «mia povera vita»). Riproponiamo il testo in quest'ultima redazione, che non si discosta dall'originaria se non per l'aggiunta dei versi, per alcune varianti grafiche e interpuntive, una non sostanziale variante lessicale e l'introduzione di un refuso (che correggiamo, ripristinando la lezione originaria «una gente» al posto di quella scorretta «un agente»). Manteniamo invece, preferendolo per efficacia, il titolo con cui apparve la prima stampa, *Architettura e urbanistica informali*.

Il Veneto che se ne va

Pubblicato, con lo stesso titolo e poche varianti interpuntive, prima nel «Corriere della Sera» del 21 aprile 1970, poi nell'opera *Italia 70. La carta delle Regioni*, volume primo, Lombardia Sicilia Liguria Veneto Calabria Marche, Prefazione di Giovanni Spadolini, Milano, Arnoldo Mondadori Editore e Corriere della Sera, 1971, pp. 398-399. Riproponiamo la redazione del volume.

La memoria nella lingua

Pubblicato nel volume fotografico *Viaggio nelle Venezie*, a cura di Giuseppe Barbieri, Cittadella, Biblos, 1999, pp. 456-459. Probabilmente il titolo del saggio zanzottiano è suggerito da un verso di una poesia di Hölderlin, *Aussicht* (*Veduta*): «Erinnerung ist auch dem Menschen in den Worten» (nella traduzione di Enzo Mandruzzato: «Vi è una memoria pure nella parola umana»).

Sarà (stata) natura?

Pubblicato nel volume *Coscienza e conoscenza dell'abitare ieri e domani. Trasformazione e abbandono degli insediamenti nella Val Belluna*, a cura di Andrea Bona, Adriano Alpago Novello, Daniela Perco, Belluno, Provincia di Belluno – Museo etnografico della provincia di Belluno e del Parco Nazionale Dolomiti Bellunesi, 2006, pp. 57-58. Il testo è la trascrizione di una dichiarazione orale rilasciata da Andrea Zanzotto a Francesco Carbognin il 26 settembre 2006; il dattiloscritto è stato poi rielaborato da Zanzotto in vista della pubblicazione. Nel suo intervento Zanzotto si rifà, rivedendo le proprie posizioni, al saggio del 1967 *Ragioni di una fedeltà*, riprodotto senza varianti nel volume del 2006 alle pp. 53-56: i due testi, mantenendo i rispettivi titoli, furono riuniti in quell'occasione da Zanzotto sotto un titolo complessivo, *Antiche e nuove illusioni di paesaggio*.

La prosa *Sarà (stata) natura?* è stata poi pubblicata, con tagli consistenti e con altro titolo – *Lo spazio e il tempo della speranza (e della poesia)* – nel volume *Il vasaio innamorato. Scritti per gli 80 anni di Alessio Tasca*, a cura di Nico Stringa e Elisa Prete, Treviso, Canova, 2010, pp. 317-318, e quindi nel settimanale «Vita», n. 40, 14 ottobre 2011, pp. 16-17.

Quasi una parte integrante del paesaggio

Colloqui con Nino
Pubblicato, col titolo *Due parole agli amici lettori*, come prefazione al volume *Colloqui con Nino*, a cura di A. Zanzotto, Pieve di Soligo, Bernardi, 2005, pp. 11-16. Il libro raccoglie trascrizioni di dialoghi e monologhi registrati in occasioni conviviali dalla viva voce di Nino (Angelo Mura, 1892-1988). Un primo nucleo del testo era stato pubblicato come elzeviro nel

«Corriere della Sera» del 27 gennaio 1987 col titolo *Nino, il privilegio di un uomo antico*.

Nino, estroso agricoltore, definito da Zanzotto «poeta, profeta, coltivatore diretto e possessore di vasti poderi in collina», è una figura reale, ma come personaggio è entrato a far parte dell'opera zanzottiana fin dalla raccolta *La Beltà* del 1968 (si veda la poesia intitolata *Le profezie di Nino*).

Outcasts (Prosa poetica su Cecchinel)

Inedito; trascrizione dalla fotocopia dell'autografo. Il testo, originariamente privo di titolo, nella successiva fase di elaborazione dattiloscritta – attualmente non accessibile – aveva assunto il titolo *Prosa poetica su Cecchinel* (come testimonia Luciano Cecchinel, che ricorda inoltre di aver ricevuto direttamente da Zanzotto l'autografo del testo intorno alla metà degli anni Novanta).

Tra viaggio e fantasia

Tra viaggio e fantasia

Testo letto da Zanzotto al convegno «Scrittori del mondo nel Veneto e scrittori veneti nel mondo», tenutosi a Padova tra il 17 e il 19 maggio 2007. Pubblicato, insieme ai contributi di altri relatori, nel volume *Venezia e le altre. Scrittori del mondo nel Veneto e scrittori veneti nel mondo*, a cura di Raoul Bruni, Padova, Il Notes

Magico, 2009, pp. 13-20. La poesia zanzottiana riprodotta alla fine del saggio, *Verso London*, è stata in seguito pubblicata, con poche varianti e col titolo *Si rincorrono rincorrono*, nella raccolta *Conglomerati*.

A Vienna
Riuniamo sotto questo titolo, che desumiamo dall'incipit del secondo testo, due articoli che potrebbero essere stati concepiti come un unico *reportage* poi rimaneggiato dall'autore per esigenze giornalistiche. Introduciamo i numeri romani per sostituire i titoli dei due articoli, che sono con ogni probabilità redazionali. All'origine del *reportage* su Vienna c'è un viaggio nella capitale austriaca compiuto da Zanzotto in compagnia di un amico, Ettore Villanova, in occasione del Capodanno 1955.

I. Pubblicato, col titolo *Momenti a Vienna*, nel quotidiano «Il Popolo di Milano» del 16 marzo 1955.

II. Pubblicato, col titolo *Ore di sosta*, nel quotidiano «Il Gazzettino» del 27 febbraio 1955.

Appendice

Andrea Zanzotto e... il Quartier del Piave
Trascrizione dal documentario video girato da Paolo Brunatto nel 1974 (per la serie di tra-

smissioni Rai intitolata «Io e...»), nel quale Zanzotto illustra alcuni dei luoghi e dei monumenti a lui più cari del Quartier del Piave. Il video, della durata di circa quindici minuti, è reperibile sul sito www.rai.tv.

Ringraziamenti
Eredi Zanzotto, Francine Boure (Musée des Beaux-Arts, Reims), Raoul Bruni, Francesco Carbognin, Luciano Cecchinel, Stefano Dal Bianco, Marco Dotti, Sandro G. Franchini, Daniela Perco (Museo etnografico della provincia di Belluno e del Parco Nazionale Dolomiti Bellunesi), Luca Piantoni, Francesco Targhetta, Emilio Torchio, Emanuele Zinato.

M.G.

Indice

Bompiani ha raccolto l'invito della campagna
"Scrittori per le foreste" promossa da Greenpeace.
Questo libro è stampato su carta certificata FSC,
che unisce fibre riciclate post-consumo a fibre vergini
provenienti da buona gestione forestale e da fonti controllate.
Per maggiori informazioni: http://www.greenpeace.it/scrittori/

Finito di stampare nel mese di marzo 2016 presso
Grafica Veneta S.p.A. - via Malcanton, 2 - Trebaseleghe (PD)
Printed in Italy